邱仙萍 著

图书在版编目（CIP）数据

飞花令 / 邱仙萍著. -- 上海 ：文汇出版社，2024.
11. -- ISBN 978-7-5496-4377-6

Ⅰ. I267

中国国家版本馆 CIP 数据核字第 2024G718H0 号

飞花令

著　　者 / 邱仙萍
责任编辑 / 邱奕霖
装帧设计 / 书香力扬

出版发行 / 文匯出版社
上海市威海路 755 号
（邮政编码 200041）
经　　销 / 全国新华书店
印刷装订 / 四川科德彩色数码科技有限公司
版　　次 / 2024 年 11 月第 1 版
印　　次 / 2024 年 11 月第 1 次印刷
开　　本 / 880×1230　1/32
字　　数 / 180 千
印　　张 / 8.5

ISBN 978-7-5496-4377-6
定　　价 / 58.00 元

有仙则灵

陈　仓 □

仙萍让我写序，是大半年前的事情了。大半年前是小雪，现在临近小满，南方雨水多了起来，北方的麦子已经壮浆，正如欧阳修所言："最爱垄头麦，迎风笑落红。"

之所以拖了这么久，我总觉得人家只是说说而已，我这半罐子不响的水平，怎么可以为人作序呢？大半年里，我经常抬起头看看西南方向的杭州，经常想起西子湖微波荡漾的脸庞，也想起仙萍委以的"重任"，但是并没有什么压力。因为那次打完电话以后——"陈老师节日好呀！""我给你寄了点明前龙井。""你忙你的，不用回复。"她时不时地问候一声，却很少提及作序的事情，似乎印证了人家"客气"一下而已。

直到上上周，也就是立夏的那天吧，突然收到仙萍的一条微信："陈老师五月好，我担心春天花一开，你忘记了我的序……"第二天，我接到一位好友的电话，说仙萍的书稿已经放在出版社好久，万事俱备，只等着我了。我脑袋嗡嗡直响，顿感羞愧难当，原来人家不催不追不恼，并不是不在乎，而是一种格局和品格。

用什么词来形容这种品格呢？不急不躁？不亢不卑？风轻云淡？似乎都不准确！仙萍在《洁白的天鹅绒》里描写了一对闺密："郭颖在深圳，何娴在杭州，两个人想见面了，就会在周末飞过去飞过来。甚至有的时候，纯粹是一起喝个咖啡，为对方插一束花。"我觉得，前边有一句话似乎挺形象："她说像天鹅绒吧，洁白、羞涩和清香。"

对，仙萍，以及仙萍的文章，不就是一束天鹅绒花吗？花瓣小巧却不细碎，颜色温润洁白却不失生气，清雅脱俗却没有不食人间烟火的傲慢。但是，她和她的文章像天鹅绒花，天鹅绒花却绝对无法概括她和她的文章。桐城"五月雪"的桐花，老家山坡上的百合花，小区门口的凌霄花，让人想起姐姐的木槿花，胭脂巷和法喜寺的玉兰花……当然，还有被江浙沪一带称为"落苏"、被池莉叫作"绝代佳人"、被一些人叫作"飘"的茄子；还有"六月的风带来夏天的潮湿和冲动，远处的山岗上，升起一轮白月亮，多像我们年轻时候的梦想。远处的山岗上，升起一轮白月亮，多像我们年轻时候的梦想"的报社；还有坐在窗口啪嗒啪嗒掉眼泪，莫名其妙地说出一句"所有的思想，在提升之前，都要大哭一场"的小禾。

那山那水那人，那无边无际的美好记忆，有色香味和天南地北，有前世今生和古往今来，有自己的有感而发和诗词美句的引用，这些元素看似偶然而又必然地融和在一起，形成了一样样地地道道的风味小品。比如，她在《乡村咖啡馆的腔调》里是这么写的——

我们每个人的心中都有两朵玫瑰，要了白玫瑰，时间久了，白的就成了桌上的米饭粒，而红的就成了心头的朱砂痣；要了红的，日子久了，红的就变成了墙上的蚊子血，而白的，却是床前明月光。

……

那个时候的诗和远方，就是能坐在西湖边的咖啡馆，静静地喝一杯现磨咖啡，看断桥不断，听西泠不冷，体会北山路上梧桐叶的爱与哀愁。

……

城市的咖啡馆是孤独的，一个人缩在陌生的角落，用一种不打扰别人的方式，默默渗透进他们的秘密世界，比风还轻。乡村的咖啡馆，却更像一个不谙世事的小姑娘，林间有新绿，月光有衣裳，无论怎样都是雀跃好看的。

这样说吧，仙萍像一个“咖啡成瘾者”，独自坐在西湖边的咖啡馆里，把自己目之所及、心之所想、体之所历的那些美好和善念，都若无其事地注入了一只杯子，犹如放入水，放入咖啡，放入一块方糖或者几滴牛奶，放进一抹月色、一缕清风或者波光潋滟，根据自己的口味和心情调一调，然后慢慢地细品。

说实话，从认识仙萍的第一天开始，我就特别期待看到她的文字。因为仙萍给我的印象，不仅是一个有故事的人，而且是一个有感觉、有灵气的人，或者说是一个天然的倾诉者。不过，我和仙萍只见过一次，那是三年前的一个秋天，我去她的故乡桐庐参加一个"走读"的活动，第一天晚上的项目是夜游富春江。当游轮缓缓地行驶在江中，我有一种被画入《富春山居图》的那种感觉的时候，我们这一桌加入了一个人，她坐在我对面的空位子上。这是一个靠窗的位置，能清晰看到两岸的美景，甚至可以看到自己在水中的倒影和波光混在一起。

仙萍开始话不多，只是笑着告诉我们，她是来招呼大家的。这样的介绍，让我们以为她是接待的工作人员，所以并没有把她归于作家的行列。整个行程中，她也是这么干的，照顾喝醉酒的朋友，端茶倒水，帮忙引路，忙前忙后，特别体贴和周到。随着熟悉起来，她的话就多了，总是见缝插针地给我们讲故事，讲自己的青春年华，讲她和故乡桐庐的往事。在前往江南镇古村落的路上，在瑶琳镇瑶琳仙境探幽的时候，在百江镇的稻田里举行收割比赛以前，最多的是茶余饭后，讲高考落榜以后差点被家人嫁给了王木匠;讲有一首歌一直在她心里回旋，她却忘记了那是一首什么歌，有一天晚上枕着富春江的春水入眠，半夜醒转，月光皎洁，忽然就想起来那首歌的名字叫《懂你》。

我们听了都非常震惊，并非故事有多传奇，主要是朴素，不做作，不虚伪，不掩饰，有点像漂浮在蓝色大海里的水母，透明而曼妙，简单而大方，脆弱而生生不息。仙萍是那种敢于坦露心胸的人，而且她的语言特别灵动又富有磁性，几句话就能让你很真切地看到她的心脏，或者说她可以把心脏掏出来捧在手心，让你看出起起落落的呼吸和砰砰的跳动。尤其是她的倾诉欲望是强烈的，有时候还是忘我的，中间带着一丝不易被人觉察的自言自语，我们可以认为是孤独者的一种表现。但是，我猜测，还有善良的原因，她不想因为没有话题而冷场，才把自己拉出来填充大家无聊的旅程。

我当时就感慨，她有当作家的潜质，或者说有当作家的天分，并且鼓励她把这些故事写出来。后来，我才知道，她十分钟情于文学，已经发表了一些文章，那次也是以作家之名参加“走读”活动的，只是比较低调而已。活动结束以后，仙萍发过几次微信，咨询了几个问题，我也继续鼓励她，就用她平时讲故事的方式，把原原本本的生活写出来就行了。

表扬使人进步，我不知道《飞花令》里有多少文章是我激发出来的，但是看到这些文字的时候，我第一感觉不是文字，而是一张张脸带着真诚的表情，静静地看着窗外，好像在对我们诉说，或是在自言自语，或是在没有钟声也没有木鱼声的时候，在尘飞尘落、喧嚣吵闹的岁月中念出来的经文。换一种说法，这就叫本色出演，没有技巧，没有遣词造句，甚至有一些笨拙，一切都那么自然而又天然。让一朵花走上白纸依然是一朵会开的花，让一只鸟变成文字还是一只能飞的鸟，这也是应该追求的境界。

我一直相信，人如其名，名字对人的一生有着潜移默化的影响，或者说就是人格气质的缩影。我曾经遇到过另一个朋友，她始终认为自己一生坎坷不顺，是因为自己名字中带着一个“灵”字，能够组成的词语有“灵魂”“灵异”，是十分缥缈而虚幻的东西，所以她一直希望通过改名字来改变命运。“仙”字，有三层意思：一是指神仙，神话传说中指神通广大并且长生不老的人；二是比喻不同凡俗的人；三是对逝者的婉称。人人都想成仙，但是怎么才能成仙呢？按照一般人的看法，仙萍对自己的名字应该也会不满，所以，我问仙萍，她这次出书用不用笔名？她说不用，就用“土名邱仙萍”。

相信自己的名字，是自信的一种表现。在仙萍的心里，也许“仙”字只有“不同凡俗”一种解释，也许她真的相信这个世界是有“仙”存在的，或者说她本来就一直走在修仙的路上。白素贞通过一千八百年，从一条蛇修成了美女。我就想，和白素贞同居一城的仙萍，如果在修仙的话，她已经修行了多少年？她的前身是什么呢？不管如何，肯定不是一条蛇。蛇不管修成什么，也改变不了她的过去，起码改变不了我对她的恐惧。再过二十几天就是端午了，相信大家对酒当歌的时候，会想到伟大的爱国主义诗人屈原，肯定也会想到喝了雄黄酒就会恢复原形的白娘子。

全部读完了仙萍的文字，我想到弘一法师曾经写过的一幅书法：“复归于婴儿。”他在落款的时候说明是录于《道德经》。老子在道德经里的原句是：“专气致柔，能婴儿乎？”王弼《道德经注》解释：“专，任也。致，极也。言任自然之气，致至柔之和。能若婴儿之无所欲乎，则物全而性得矣。”复归于婴儿，我的理解是，回归本性，回归天然，回归牙牙学语甚至是无语。

我们很多作家穷其一生，都在追求华丽的辞藻，追求花式技巧，却不过是走了弯路而已，岂不知道修行的正果就在起点。所以说，对于一个作家而言，保持住“婴儿”的状态比什么都重要。《飞花令》分为五卷，每一章的名字都是一个单字："花""绿""米""云""鸟"，没有以"鲜""翠""大""白""飞"来点缀，其实就是对"婴儿"个性特点的某些诠释。

好像毕加索也说过，他一生都在追求如何画得像孩子一样。因为什么？因为孩子是天然的，是自然的，是上天的一部分，所以孩子往往具有预言家的特异功能，而艺术的最高境界便是与天与地与人与鬼与神对话。我这么说，并不是告诉大家，仙萍的文字就达到了多么高的艺术水准。而是想说，她写与不写，都是一个人，一个自然的人，一个天然的人，写的都是自然天然的故事，更不是为了当作家而写的。

我也不隐瞒，她的文章还有这样那样的不成熟不完美，比如某些标题有着"新闻体"的痕迹，但是细看内文，却是朴素而纯粹的。我觉得，只要有了纯粹的一点，对于读者已经足够。至于她的不足甚至是缺陷，我们就当是在花开的时候遇到了花落，在天晴的时候看到了几片乌云。反正，仙萍并不是冲着当大作家去的，我们也不是当大作品来读的。她就是有话想说，像我此时的窗外，小鸟叽叽喳喳地叫，是没有任何理由的，也没有任何可以参照的曲谱，更没有所谓的意义可言，而我却听出了这个早晨的几分美妙。

2024 年 5 月 16 日于上海

目录

Contents

第一卷 花

第二卷　绿

第三卷　米

第四卷　云

第五卷　鸟

第一卷

Chapter 01

花令：花非花，雾非雾，花入小巷里，花入人海中。

飞到东，飞到西，飞到北，飞到南。烟火多老巷，老头咪小酒，老太打麻将，谁说杭州是美食荒漠？杭州好吃的东西木姥姥（杭州方言：很多），有东坡肉、春卷、炸响铃，还有体现杭州面食的片儿川。一碗片儿川，一碗茄子拌川，看得出哪家面馆的手上功夫，菜落胃不落胃，师傅水平有介个套（杭州方言：怎么样）。

金庸每次到杭州，都要去奎元馆吃一碗鳝爆面。为什么叫奎元馆？考了状元儿郎，才叫这个馆。孩子高考之前去奎元馆吃碗面，分数总是噌噌往上涨。

杭州花儿开得多好看啦，十里高架，都是盛开的玫瑰。杭州有个大伯，给老太太种了一面墙的蔷薇，花开的时候，整个巷子开满了春天，我们的心房，也开满了红艳艳的花骨朵。

桐城五月雪

壹　桐城“五月雪”

车子转过一个弯路，山冈上一片片一株株盛开着的白色花朵，赫然出现在大家面前。这是五月的初夏，在福鼎的太姥山，扑面迎接我们的是这样满坡如雪的桐花。桐花开得热烈灿烂，那么无所顾虑，你远望着她，她似乎也在望着你，你转过山路，回望着她，她向你点头致意。这些遍布山冈盛开的桐花，让人几乎停止呼吸，无法自已。我从来没有见过这么洁白的花株，有的形影孤单，有的簇拥牵手，洁白和安静，在如梦般洒满五月阳光的山冈，如豆蔻枝头的少女，娉娉袅袅。一阵风过，白色的花瓣纷纷坠落，像蝴蝶一样翩翩起舞。

我的心不由自主狂跳起来，扑通扑通，像涉世未深的少年一样心颤意乱。我似乎在梦里看见过这些山冈上的桐花，白色的花朵，唤醒了我封存的记忆。我只是个风尘仆仆的旅人，不经意走入了福鼎的山冈，看到了满坡的桐花，有的在盛开，有的在坠落。盛开的安静而芬芳，坠落的有着妙曼舞姿，如飞雪般扑向大地。有人说，爱情不是靠语言，是靠彼此相投的气息，男女之间即使不说话，几十米之外也会感应彼此相吸的磁场。我第一次来福鼎，福鼎就用满山浪漫的桐花把我淹没，那样的情意相投，那样的温情脉脉，似乎是无数次梦里出现的场景，它们似乎一直开在我的心里。

人有前世吗？如果有，我的前世是不是一株桐花，就这样开在福鼎的山冈上，生长在这东海之滨的山崖上，洁白的花漫山遍野，浓烈芳香，朵朵洁白的花瓣，迎风热烈地张望，是我们青春岁月的过往，纯粹、浓郁、芬芳、坦荡，是年轻时候爱恋的模样。谁也不会想到，这样高傲地在山冈上盛开的桐花，树大如冠，花语竟然是“情窦初开”。

桐花原是清明时节盛开的，《周书》说“清明之日桐始华”，二十四番花信风也说，“清明一候桐花，二候麦花，三候柳花”。桐花盛开时，树干高耸，树冠如伞，桐花既是春日的高光时刻，也是春红绿谢的告别。但福鼎的桐花，却在五月中旬开得正盛，它开在太姥山的山冈上，开在山和海的交接处，开在我们每一个旅者的心里，让我们的心抖颤不已。

福鼎的别名原来就叫桐山、桐城，修于清嘉庆十一年的《福鼎县志》说：“桐山，平坡宽旷，旧多产桐，故名。”桐有四种：“青桐，皮叶俱青而无子；白桐，皮白叶青而有子；油桐，有花有子；岗桐，丝白桐，无子，可以为琴瑟。”福鼎的桐树，基本是油桐，

“栽桑植桐，子孙不穷”。桐油制好之后，蘸和在植物纤维或纺织品上，防水耐磨且经用。福鼎是沿海渔业发达地区，男人们要外出打鱼，海上作业。岸桐花开春欲老，日断斜阳芳信杳。女人们往渔网渔绳上涂着桐油，也涂上了自己一份密密麻麻的相思和记挂。

琴瑟和鸣，梧桐多思。伏羲发明的琴瑟，就是由梧桐木制成的，带有空腔，丝绳为弦。李商隐的诗歌写尽了琴瑟的深情：“锦瑟无端五十弦，一弦一柱思华年。庄生晓梦迷蝴蝶，望帝春心托杜鹃。”嗯，人情深，桐木也情深。

在台湾，桐花又被叫作“五月雪”，因为它四月开花，五月纷纷掉落，落英缤纷恰似五月飘雪，台湾客家在这时会举办隆重的“桐花祭”。一般的花是在绽放过后枯黄凋萎最终掉落，桐花却是在最成熟最美丽最灿烂的那一天掉落，一朵接一朵，一片接一片，前赴后继，无怨无悔。旧时的桐城，每到初夏，漫山遍野开满白色的花朵，一阵风过，漫天飘起细碎的花瓣，织成雪白的花雨，构成了美丽浪漫的“五月飞雪”图。桐花花开也浪漫，落英更缤纷悲壮，桐花万里丹山路，桐花凋零的时候，如歌如泣，地上像铺上了一层厚厚的白茵褥。

五月的桐城，如果你来，一定要在这样飞舞着雪白花瓣的山冈上，再读一遍席慕蓉那首《一棵开花的树》：“如何，让你遇见我？在我最美丽的时刻，为这——我已在佛前求了五百年，求它让我们结一段尘缘。佛于是把我化作一棵树，长在你必经的路旁，阳光下，慎重地开满了花，朵朵都是我前世的盼望！”山冈上的桐花，乍放如雪，那样洁白美丽的花，让整个世界瞬

间充盈，让内心瞬间颤抖和波澜起伏，原来那些漫山遍野的白色花瓣，是我们那姗姗而去的青春。我依稀看到那个穿着碎花衣衫的少女，在故乡的村口，不停地向远处张望。在溽热的夏天，在蝉鸣的午后，从人群中走来，从梦境中醒来。林外阳光炫目，而她衣裙如此洁白。

记忆复活，旧梦重现，我们那模糊而远去的青春，和种种人生期许美好的想象，顿时在这样的桐山花海中呼啸而来。一车看花的人，全部沉默下来。出走半生，归来的我们是不是依然是少年？如果不是，看见这些洁白如玉的花，为什么我们那颗经历过风雨和沧桑的心，仍会这样悲喜交集，温柔而谦卑。

贰　大荒“李子柒”

泠泠七弦上，静听松风寒。闲坐望明月，幽人弹素琴。

夕阳，群山，松月，风泉，烟鸟，这是孟浩然心之所往的景致："夕阳度西岭，群壑倏已暝。松月生夜凉，风泉满清听。樵人归欲尽，烟鸟栖初定。之子期宿来，孤琴候萝径。"

大荒的董事长付明峰站在一处叫作方家山的圆岗山顶上，一身黑衣，和脚下褐色的石头，周围穿着白色汉服煮茶的女孩，看似就在头顶飘着的浮云，纯净幽蓝的天空，构成了一幅美妙的插画和剪影。天高云淡，惠风和畅，竹雨松风琴韵，茶烟梧月书声。付明峰把和白茶相拥的每一天，演绎成了大荒版的"李子柒"。

这是位于福鼎白茶核心产区太姥山黄金海拔700米以上的高冈，占地万余亩。山冈上喝茶的案几，是浑然天成的圆润石头。清风旷野，天地辽阔，大家盘坐在蒲团上喝茶，中间石头有一凹处，唤作"天水"，基石在干旱之际，这里也有水汩汩冒出，清澈甘洌。石案旁边放着绿色的灵鼓，四周就是茂盛的老白茶树，绿油油的枝叶，在初夏的阳光下欣欣然摇颤。

老白茶树旁边，竟然还有一只美丽的彩色大鸟，红冠白羽，拖着像孔雀一样长长的白色尾裙，美丽洁白，超凡脱俗。看见团团围坐喝茶的人群，那大鸟并不躲闪，反而像在自家庭院一样踱起步来。我们以为这是大荒养的宠物，付明峰说，这是国家二级保护动物白鹇，对栖息地要求很高，属于森林里面的仙鸟，有的地方也叫凤凰鸟。据说李白非常喜欢白鹇的高洁纯美和超脱不凡，很想得到一对白鹇，无奈白鹇仙气十足，求而不得，为此他赠诗给胡公：请以双白璧，买君双白鹇。为什么要花这么大的代价？因为白鹇白如锦，白雪耻容颜。

但在大荒的茶园，却有一群自由自在的白鹇，因为和大家朝夕相处，它们早成了相熟的朋友，这里是白鹇与人类共同的庭院。你喝茶，它采花，你敲鼓，它伴舞。同行的一位北方老师索性敲着灵鼓唱起来："我身骑白马，走三关，我改换素衣，回中原。放下西凉，没人管，我一心只想，王宝钏。"

悠长绵软的歌声在这清风明月、石台高悬的大荒山上回旋，也在付明峰的心里激荡。这个 1981 年出生，看起来儒雅书卷气的小伙子，名字里面就带有山的隐喻。中国政法大学毕业后，他留在北京，做了 20 年的律师。一线城市，律师天团，这样的词汇组合所展现的生活步调，像一杯浓郁的咖啡，暗黑的色泽，快速的节奏，喧闹沸腾，昼夜不歇。

老家在福鼎的付明峰，几乎没有闲暇时间去回味品赏故乡的白茶，但托他买茶叶的朋友越来越多。他似乎成了朋友们购买白茶的品牌信任和拿货渠道。

挪威作家阿澜说过：我们已经习惯了所谓舒适的城市生活，但偶尔也需要去体验一下自然的浩瀚，感知我们到底来自何方。2018 年，付明峰做了一个大胆的决定：回福鼎老家，做白茶产业。

人人心中都有一个田园梦，数千年来，中国人一直在做归隐田园的美梦。从地产商、微商、电商到民宿老板，从荒野田园、牧歌田园、虚拟田园到假日田园、味觉田园，等等，田园是一台逃离喧嚣的时光穿梭机，是一味暂时镇痛的麻药，或者说是一个树洞，用于疗愈无处安放的现代性焦虑。

明峰回来了，但他不是回来疗伤，不是归隐，而是把数年在一线城市的学识、眼界、阅历和经验，融进了故乡福鼎，融入了太姥山这片土地。

福鼎的融，是天地方圆的融，是顺其自然的融；福鼎的融，是海纳百川的包容，是山和海的交汇，是天和地的贯通。大荒茶业借用了农夫山泉的理念：我们不种植茶，我们只是老白茶树的搬运工。他们像拯救寻找大熊猫一样，深入老林老村，去寻觅那些淹没在荒山，淹没在野草，甚至近乎被当地农民砍了当火烧的白茶树。

这些生长在荒郊野外的老白茶树，在没有被付明峰和他的伙伴移种到方家山的时候，它们淹没在杂草灌木中，淹没在岁月遗忘中，没人打理，没人修剪。时间长了，连它们自己都不知道是一棵茶树，还是一株灌木丛。稀稀落落的老白茶，单纯靠农户个体家庭，形成不了规模，也产生不了产量。这些茶树，多少年一直孤独寂寞地兀自生长，有多少产量，能出多少产量，都是看天吃饭，树老了，茶叶少了，有的自生自灭，有的沦为柴火灰烬的命运。

明峰和他的团队，这四年不断在做一件事情，把这些老白茶树从无人问津的荒野里请出来，迁移到了太姥山海拔 600 至 800 米适宜茶树生长黄金高度的方家山。大荒茶园现在有 100 多个白茶品种，20 多万株这样的荒山老白茶树，这些老茶树的树龄，平均在 30 年以上，最长者已逾百年。在晨钟暮鼓、云蒸霞蔚中，它们汲取天地精华，与兰花仙草为邻，和松树杉木共生，看白鹇蹁跹，沐日月光华。每一株白茶都有自己的二维码，有自己的出生地，有说明书，有自己的经纬度，它们是大荒的主人，也是这块土地的守护神。原来单打独斗，现在有了规模、品牌效应；原来移植存活率只有 20%～30%，现在存活率在 98% 以上；原来一亩地收成也就三四千元，现在一亩地收成少说也有 2 万元；原来没有完整评价体系，现在有了农林部茶叶研究所制定的标准。荒野的老白茶，在大荒成了茶之上品，重新焕发了青春和活力。

2020 年年底，大荒茶业被评为“国家级福鼎白茶森林康养基地”，在宁德区属于首家。这个集茶旅、度假、康养于一体，打造森林荒野老白树茶园、林茶共生露营地、白茶主题酒店等的康养度假胜地，大概就是付明峰心目中构筑的“桃花源”。

白居易的好友卢仝以善吟“茶诗”而闻名，他的《七碗茶歌》和陆羽的《茶经》同为经典：“一碗喉吻润，二碗破孤闷。三碗搜枯肠，唯有文字五千卷。四碗发轻汗，平生不平事，尽向毛孔散。五碗肌骨清，六碗通仙灵。七碗吃不得也，唯觉两腋习习清风生。蓬莱山，在何处？玉川子，乘此清风欲归去。”太姥山一直被誉为“海上仙都”，卢仝的七碗茶，倒是应了“山随平野尽，江入大荒流”的大荒老白茶的精妙注解。

一杯荒茶，不恋繁华。

爱，原来可以这样义无反顾，爱一个人如此，爱一座山如此，爱一方土，亦是如此。在这里，日子可以过得很仙，很慢，一边看白云悠悠，一边和白鹇闲庭信步。

叁　月亮湾的弯月亮

北宋有一位叫邱一引的人，于宋至道三年（997）迁居嵛山，成了嵛山岛的先祖。2005 年,《中国国家地理》杂志遴选中国自然景观，大嵛山岛入选“中国最美十大海岛”之一。专家对它的评语是:山、湖、草、海再次浓缩。地处东南，却有西北高山草甸的风光;身是海岛，更有天湖清澈如镜。

嵛山在福建省霞浦县东海中，亦名大嵛山。周 60 余里，与小嵛山隔水相望。有 36 澳，半属霞浦，半属福鼎。大嵛山岛面积 20 多平方公里，为闽东第一大岛。岛上有大小山峰 20 余座，岛中部山上成盂状，有日、月、星三个天湖，各有泉眼，常年不竭，水质甜美，水清如镜。因日而要，因风而皱，时有白鸥翔集，可泛舟湖上。

这里是东海之滨，湖四周却有近万亩宽广草原，被誉为“南国天山”。天苍苍，野茫茫，海月深深，芳草离离。这里分不清是阴山下，还是敕勒川。这里似乎是长城外黄河岸的出塞曲，却又是芳草萋萋的南国天之涯、海之角。

遍寻东海，为什么只有大嵛山岛才有大西北这样的草场，而且有蓄水量 160 万立方米以上的淡水呢？大嵛山岛四周有 20 多座山峰，拱卫着从北到南由低至高的三块盆地。岛南面的天岙冈三座海拔 500 米以上的大山，把大天湖和小天湖围在中间，湖水蒸气聚集上升，一遇到从海上吹来的冷风便凝集为云雾或雨云，然后以雨、露、霜、雾等形式返归于万亩草场，最终渗入大小天湖，形成了自己独有的自我循环生态系统，孕育出“岛国天山”和“海上天湖”这独一无二的梦幻仙境。

时光年轮在这里驻留，空间纬度在这里发生了挪移。也许，是这里的月亮湾，让中原的铁骑牵绊了心。胡马嘶鸣而来，带着中原的尘土，奔着江南的婉约而来，奔着日夜不息的思念而来。一粒种子怎样发芽、一片叶子怎么生长，在这载满荆棘的岁月，所有的悲欢，都隔着时空的苍茫。这片葳蕤茂盛的草原，记载了东汉的风、晚唐的月，行人走过的小路边，野姜花轻轻摇曳，应是爱人留下的昨日短诗。那浅黄的花朵，让人如此心悸和不忍别离。

我们来到嵛山岛月亮湾的那天，是农历的四月初四。月亮湾的月亮，弯成了一弯月牙，海浪情意绵绵地吻着沙滩，热烈持久，像铜钹响，像箫管鸣。

在这样的东海之滨，想起了神话中韩湘子与海龙女的故事。在八仙中，韩湘子是个风流倜傥的书生，有一年，他漫游名山大川，到了东海之滨，听说东海龙女善音律，便天天到海边吹箫。三月初三这日黄昏，龙女出海春游，听到这悠扬悦耳的箫声，仿佛把她的魂都勾去了。龙女身不由己化作一条银鳗游到海边，来会韩湘子。

不知道在天与海交接处的月亮湾，能拥有这样皎洁的月夜，这样咏叹的海浪，海雾弥漫，烟云流动，在这样月如钩的夜晚，听着嵛山的月亮湾在吟诗在唱歌，听到了龙女在月亮湾的呢喃和深情。我们见证着古老和现代的时光，印证着一个简单而美丽的心情，大海颔首，微笑不语。

有些诗写给日月，有些诗写给爱恋，有些诗写给无法企及的远方，有些诗写给从未释怀的理想。当晨光出现，在每一个人的心里，都有一只白鸟轻轻飞起。而我，是不是就是那只白禽，拥有一对白色的翅膀，拥有一双清澈的眼睛，在黎明到来之际，在山冈，在林间，翩翩等你。并不是每个人的一生都拥有那样脉络分明的故事，拥有悲喜交集的跌宕，有的只是烦琐和日渐发黄的日常。在那些恍惚的时光里，许多美好和热切，就像暴露在空气中的冰激凌一样，渐渐融化。而我们，是何其荣幸，在千疮百孔之后，在蓦然回首之时，沧海之后的我们，像是晚潮后的夜归人，无意还能收获这月亮湾沙滩上一地的惊喜。

如水的月色，仿佛也无法诉说一朵花的美丽，那朵美丽的花，就叫作诗。

那天在月亮湾看天上那弯月牙的，都是诗人。汤养宗先生写的石头诗歌惊天动地："太姥山，是领导天下石头的一座山。"唐颐先生应该登临了一百多次太姥山，攀山、听石、观树、看茶，用心中的诗去丈量脚下每一寸大地。被笑称土地爷的白荣敏先生是温州人，因为爱把根扎在了福鼎，把史志抒写成了一首首长律。在月亮湾的沙滩上一起捡贝壳的，还有深耕在文联的王祥康先生，中年的眼里仍闪着年少的光芒，他像痴痴的海龙女一样，看山山不厌，看海海深情。

美丽的花朵和美丽的诗歌一样，为了那短暂如烟花一样的绽放，需要用多么悠长的时间，多么贞洁的心魄来准备，才能打造这场山之巅、天之涯、海之交的诗歌盛宴。

高山有崖，林木有枝，汤汤川流，中有行舟。五月到福鼎来喝茶吧，看千帆过尽，我们的心里，还是百诗盛开。

福鼎有诗，福鼎的人们，都是诗人。

供销社那朵油茶花

在很多人记忆里，供销社就是一个“所罗门王的宝藏”，汇聚着人间烟火的终极目标。我的同学在作文里写“我的理想”时，不少人都想当个售货员。在那个缺衣少粮的物资匮乏年代，供销社的三尺柜台，似乎承载了大家的整个人生江湖。

买粮要粮票，买布要布票，买肉要肉票，买烟要烟票。我大哥现在还清楚记得那个时候香烟、老酒的价格：经济牌 8 分，大红鹰 1.3 角、雄狮 1.8 角、新安江 2.4 角、西湖 3.4 角；散装一斤白酒 5.7 角、黄酒 2.4 角、五加皮 8 角……

供销社那高高的柜台，对很多小朋友来说，既望而生畏又滋生魔力，但大哥却能像皮猴一样溜进溜出。一下子去百货部老沈那里，看他给别人拉尺扯布；一下子又钻到南货部的老丁这里，看他给大家称糕点、包糖果、卖香烟老酒桂花糖。大哥喜欢吃油条，但不是想吃就能吃的，油条要三分钱一根。哥哥翻遍口袋里没钱了，就和他们说："帮我记个账，老邱会来付钱的。"老邱就是我父亲，那个时候在公社当书记，大家都认得，就把油条赊给我哥。父亲知道后，每次都把我哥骂一通，每次又都会去供销社销账。

供销社除了百货部、南货部、日用品部，我哥最喜欢去的是收购部。收购部的权利可大了，山上的茶叶、茶籽、箬壳、药材，地里田头的农副产品，都是由收购部统一定等级收购。大哥看他们收废铜烂铁牙膏皮，深受启发，回村就发动小伙伴们行动起来。有一个小伙伴拿来了他家里的铁钳，有一个小伙伴把他妈妈嫁妆箱上的铜锁撬下来。大家伙看见村礼堂墙角旮旯里堆着一个大家伙铁疙瘩，喜出望外报告给我哥，小伙伴们浩浩荡荡"吭哧吭哧"把那个大家伙抬到了收购部。

收购部的人一看，好家伙，这个不是炒茶叶的机器轴子吗？原来大队炒茶叶的机器轴子坏了，拆下来准备拿去修理的，被几个小伙伴抬来当废铜烂铁卖了换油条吃。供销社的人赶紧通知大队长来搬轴子，给几个小伙伴买了油条打发他们回去。前脚油条刚落肚，后脚大队长和老邱同志就赶到了。这次，我哥的结果不是挨扫把，而是被抄着扁担追着打了。

哥哥喜欢收购部还有一个原因，那里有收购来的旧书籍杂志。有一次，他找到了一本缺损的书，是描写一个青年榜样的，里面写着：劳动是一种快乐，青春是一团火，燃到哪里哪里发光。哥哥反复回味熟读，把这些句子运用在作文里面，结果作文被全校当作范文。自此，他有空就流连在供销社收购站的废纸堆里，有零钱就跑过去买小人书，就是连环画。那时候要 8 分、9

分一本，哥哥积累了有几十本，除了自己看书，还用复写纸把连环画上的画临摹下来，发给他的小伙伴。

猪肉要凭票供应，很多家庭一年到头吃不了几顿，父亲有肉票发，我们时不时能吃上红烧肉。哥哥是家里的老大，又是男孩，他的福利待遇通常比我们几个妹妹好。每次吃肉，他享有优先权，也可以比别人多吃几块。

有一天中午，我们盼来了奶奶烧的红烧肉，哥哥把肉拼命夹在碗里，说到院里去吃。一会儿就回来夹肉，又跑去院子吃。三五次下来，眼看着一碗肉都见底了，我妈跑去院子一看，墙上挖了个脸盆大的洞，外面一溜排站着他的兄弟，哥哥从洞里往外给每人嘴巴里塞一块肉，还不断催促："快快快，下一个。"哥哥有个小伙伴叫金龙，家里有弓，父亲会上山逮兔子、捉黄麂。那个年代山货不值钱，猪肉 6.8 角一斤，但是兔子、黄麂只有两三角一斤，大哥和他们换着吃肉，两块黄麂肉换一块红烧肉。

供销社有个女售货员叫茶花，30 多岁，扎着两只辫子，对谁也是爱理不理的，很高冷的样子。每天早上，大家看茶花在供销社门口吃着早点，喝着热茶，慢悠悠地踱步到柜台去上班，悠悠哉哉的，羡煞了下地干活的庄稼人。能进供销社当正式员工的，是居民户口，吃公粮的。

茶花人不坏，但是嘴巴不饶人。有一次不知道怎么回事，和另外一个女人在门口吵架打起来了。女人打架叽叽喳喳热闹得很，大家一边相劝"好了好了，别打了"，一边站在那里指导这个那个的。茶花很凶，眼看就要赢了，突然，那个女人扯了她的头发，茶花的辫子不知怎的就掉了下来。大家吃惊不小，原来茶花戴的是假发套。茶花连忙捡起头套，狼狈而逃。自此，大家才知道茶花得过瘌痢，戴的是假发。茶花后来索性笑嘻嘻承认了，咋地，我是得过瘌痢，戴的是假发，我这个假发还是托人从上海买来的呢。

那个时候农村瘌痢头很多，这是一种头部皮肤疾病，因为没有及时治疗被传染。隔壁有个村叫范家村，一度被大家叫作"范家瘌痢"，全村很多人都得了这样的皮肤病，等到我们这些70年代的出生之后，瘌痢基本没有了。

哥哥在供销社吃油条、开始读初中的时候，我6岁，刚读小学一年级，帮母亲管店，也算是供销社的小售货员了。我家的店是供销社的代销店，大一点的中心行政村才会设立，卖油盐酱醋针头线脑，由供销社统一进货、统一价格和结算。

只要我在店里，村里的人都喜欢找我买东西。一则觉得我不会用算盘，价格会算错，当然，是要多算给他们；二则最主要的，我打酒会满满地打足分量，不会耍滑头，不会手抖一抖。

代销店里有散装白酒、黄酒、酱油，用灰色的大坛子装，为了不让酒气泄漏，坛口压紧厚实的布袋子。打酒的勺子我们叫作酒提子，用毛竹做的多，分为一两、二两、半斤，油光水滑，长长的竹柄后端有个钩，可以挂在旁边的绳子上。这个打酒是很有讲究的，就和现在食堂打菜师傅一样，如果手抖一下，菜就少一点。那个年代，少一口酒，可是要出大事的。

村里几个老酒鬼，都是贼精贼精的，拿过来打酒的玻璃瓶和碗，多少酒到什么位置，他们的眼睛里都有刻度。每次喊我打酒，我不能洒出一滴，否则说要给我吃笃栗子。我左手用食指和中指夹住酒瓶，放上漏斗，夹紧漏斗和瓶口。右手握住酒提子，把提子深深地探进酒坛里，屏住呼吸，膝盖稍稍弯曲，保持姿势，右手稳稳地把酒提子垂直提起，将那满满提子的酒，倒入左手掐着的漏斗。动作要稳准狠，做到滴酒不洒，如果酒提子里的酒，高过沿口边际，这是他们最满意的。买半斤的酒，他们喜欢用两个 2 两提子，一个 1 两提子，这样似乎比半斤的提子，打出来的酒多一口。有个叫钟光头的汉子长得五大三粗，每次来打酒，喜欢用粗瓷碗打个 2 两，走的时候，要讨几颗鱼皮花生下酒。母亲如果不在，他就伸手抓一小把，好像中奖一般。鱼皮花生 8 分一包，钟光头一把鱼皮花生，就把一半酒钱赚回去了。

反正每次我打酒，就像做最严谨的科学实验一样，大家眼睛全部盯着我，嘴巴上不住唠叨："不能抖，手不能抖，否则吃笃栗子哦。"到了后面，我能用左手指夹两只酒瓶，右手打酒，丝毫不抖。趁母亲不注意，我往往会给他们添一点。

我养了一条狗叫大黄，聪明乖巧，每天跟着我看店，凡有好吃的，宁可自己不吃也要给大黄。一天晚上，有人在代销店的墙上打洞，幸亏大黄及时发现，"汪汪"大叫，吓跑了小偷。

公社的供销社，也会有小偷光临。有一天大清早，大家发现后面墙脚盖着一大块竹篾席，掀开一看，竟然是一个洞。供销社的墙被小偷用水浇湿烂稀了，半夜打洞进来偷走了一些东西，楼上值班的老沈睡得沉，没有丝毫觉察。

那个年代农村青年结婚有个习俗，男方要送篮子给女方家里和重要的亲戚，有几户亲戚就送几只篮子。礼物用竹篮装了，上面盖着红盖头，除了肉、面条、馒头之类，篮子里还要放一条香烟。但是香烟在当时是金贵物品，即使有钱，也未必能买到，还得要有烟票。有一次，供销社的窗户被人撬了，半夜有人翻窗进来。上班一清点物品，其他东西都没少，就是卖香烟的柜台少了六条新安江牌香烟。旁边放了六条香烟的钱，还留了一张纸条，上面是这样写的："有权买烟送上门，有钱买烟开后门，平民百姓买烟爬窗门。"

大家沉思许久，相视莞尔，没有深究。供销社的窗外，油茶花开得正盛，过几天，就要收购油茶籽，开始打茶油了。油茶花和别的花不一样，是秋天开花，从开花、授粉到果子成熟，要经历秋、冬、春、夏的四季轮回，油茶花和红彤彤的茶果会同时挂在茶树上，民间俗称"抱子怀胎"，是大山给予的珍贵馈赠。农村人都舍不得打茶籽油自己吃，都是送到供销社换几个零花钱。

多少年以后，往事随云走。每当秋季，我走往家乡的路上，脑海里总是想起当年的场景，年幼的我跟随担着箩筐的母亲去供销社进货，路旁山坡上的油茶花，洁白如雪，纷纷扬扬，开满和甜蜜了我的整个成长时光。

坚强的野百合

上周回老家，站在院子里，一抬头就看见对面山坡上有一株植物，在一片蔓延的芒草和羊齿中，细长的枝干突兀地伸向空中，头部顶着一大簇喇叭形状洁白的花。

是百合花，在绚烂的火烧云下，它亭亭玉立，随风摇曳。这是40多摄氏度的高温天气，在炙热的大地上，菜园子的辣椒、茄子、豆角、番薯苗都已经被晒得奄奄一息，蔫不拉几沮丧耷着。虽然父母每天给它们浇水，但是水一到土的表层，就瞬间像被吸进了海绵，总是喝不够。这缓坡上的百合花，已经二十多天没有得到雨水的惠泽了，却依然骄傲而挺拔，迎着如火的高温酷晒，热烈地开放。

一二三四五六七八，有八朵花呢，百合花一年开一朵花，八朵花，这株野百合已经有八年了。

这么美丽的百合花，秆子这么纤细，似乎随手可折，应该是很娇柔脆弱的吧。

农村的野百合，看似弱不禁风、娇羞柔弱，骨子里却非常顽强和坚韧。它的根茎扎得很深，而且都是长在砾石和土坷垃里，在那些锄头难以挖下去的地方，拼了命地往土里扎，身子钻在硬石旁边，根茎可达四五十厘米，甚至七八十厘米。想要挖出它的根部，得花费很大的气力。

一边想着百合，我一边往村里小卖部走，白晃晃的道路上几乎见不到人。按照哥说的，平日村里说话基本靠吼，治安基本靠狗。年轻人都出去了，留下的多是老人，老人们耳朵不方便，讲话要提高好几个分贝。来个脸生的面孔，村里的狗就汪汪叫着通报信息，承担起了治安巡逻的责任。

小店里三两坐着人，有人叫了我名字，我转头看着，却认不出来，他说我是冬明啊。

眼前在轮椅上的冬明，脸色墨黑发肿，晦暗无光，头顶斜着似乎少了一块，像土豆一样被削了一刀，一块褐色小瓦片似的金属，盖在头皮上。

之前我听说过，冬明头盖骨被拿掉一块，前几年差点不行了。冬明说，怎么办呢，阎王殿不收我啊，我还没有和你们打够麻将呢。小的时候玩水，我落到水库里，不会游泳，眼见要沉到水底，一个杭州知青把我救了。现在这个小店旁边，原来是木头桥，就是四五根木头拼起来的，我从桥上摔下去了，十几米高，差点摔个半死，还好脑袋没有磕到石头上。我帮工造房子，站在下面，上面掉下来一把锤子，不偏不倚砸到我头上。后来心脏病发作，大家都要给我准备后事了，结果被救回来了。

现在，脑子里长了个瘤，县城医院看了好几年，效果不好，在家里一直躺着，以为这回总要被收走了。这不，到杭州省城看的，邵逸夫医院技术好啊，又把我救回来了。现在的医术真发达，头上少块骨头，医生用进口材料做了个拼上去，我这个头是开放的，像个天线宝宝一样。都说猫有九条命，估计我是猫投胎的。

大家说你好福气么，女儿为了给爸爸看病，前几年去迪拜工作，赚到的钱都寄回来了。孩子 35 岁了，还没有个家，为这个家庭做出很大牺牲。不过怎么办呢，女儿说，只要爸在，家就在，自己的家以后再说，否则哪来的钱去看病啊。

正说着，小店里来了一个抖抖颤颤的老太，干瘦枯萎，像地里被晒焦的豆苗，手臂细得像两截烧火棍，一件宽大的圆领老太衫罩在身上，空荡荡的，整个人似乎是鲁迅笔下走出的祥林嫂。老太进门后，直奔柜台，眼睛定定地说："我买火柴，我要做饭。"

"没有火柴，火柴卖完了，卖完了。"

是隔壁的松平妈，今年 90 岁了，老头没了十多年，子女都在外面。八九十岁的老人，一个人砍柴做饭，挖笋、采箬叶、摘茶叶、种玉米。前年开始，人慢慢衰了下去，冬天时候，大家都觉得她拖不过去了。还好，过了立春，老太竟然又像枯草复活一样，吃得下东西，也会走路了，只是脑子记不清事情。村西的儿媳妇让她住一起，她不肯，要回自己屋子里，一日三顿给她送过来。

担心老太自己点火烧水，火星苗子蹦来蹦去的，火柴啊打火机啊，都藏了起来的。过年我回去，给老太送点钱和吃的，看见她家的鸡飞到灶台上停着。

松平妈养了六只鸡，一到傍晚，她就开始挨家挨户问，看见我家的鸡了吗？大家告诉她，你家的鸡，已经抓到你儿子那里养着了，她说："哦，知道了。"冬天半夜冷得要命，她穿了一身薄薄的衣衫来敲我家的门："看见我家的鸡了吗？我有六只鸡。"我妈说："你家的鸡，你儿子抓过去养了，这是我家的鸡，不是你家的鸡。"她说"哦"，眼神迷茫，似懂非懂。

我慢慢扶着松平妈回家，她已经不认识我了，自顾自唠叨："要烧饭了，要烧饭了，总要买洋火的，要烧饭了，等会儿鸡要回来了，我有六只鸡。"

突然想起来了，松平妈名字叫作金莲，想必她是女孩子时候，也是父母心上的金枝玉莲。陡然心里一颤，她有六个孩子，两个儿子四个女儿，她养了六只鸡。

村东的银杏树下，远远地看见玉根赶着羊回来，玉根神气地甩着鞭子，吆喝着十几只羊，还有一只狗，一瘸一拐往村里走。

打我记事开始，玉根就是这么瘸着腿，赶着羊。他小的时候得了一场脑膜炎，抽筋痉挛后，手脚不利索了，面也瘫了，讲话口齿不清，农活重活都干不了，家里就让他放羊。他每天早晨赶着羊上山，晚上赶着羊回来。我读小学就觉得玉根歪着嘴，瘸着腿赶羊，现在的玉根还是我几十年前看见的样子，连身上穿的蓝布中山装，也是以前的，时光几乎在他身上没有任何变化。

大家说，玉根现在日子好过了，每个月能拿 1700 元呢。这两年，县里对没有子女、没有成家的单身孤寡有补助，你们大家看，玉根现在红润润的脸，根本不像 60 多岁，头发还是黑的呢，还可以娶老婆。玉根难为情地笑，摆摆手，结结巴巴地说：“不，不，不讨老婆了，我有羊。”

走近了，看见玉根腰上系着柴刀，背着一个小竹筐，盛着一些新鲜的野菜，有水芹菜、苦苣麻，筐里竟然也插着一枝野百合。傍晚的彩霞温柔地飘荡在村子的上空，像是凡·高涂鸦的水彩画，那百合花高高地在风里昂着头，迎风笑着，美得不像话。

四十摄氏度的凌霄花

一大早就起来往医院赶，今天父亲要到省城来做手术。虽说只有六点多，但是溽热和烦躁，已经滚烫在路上了。今年的夏天没来由的热，主城区 40 摄氏度以上的高温已经持续十几天，每个人感觉都处在一个暴躁的桶里一样。

小区门口围墙上的凌霄花，开放着红艳艳的花朵，热情地摇曳着，似乎在跳着一支火热的漠河舞蹈。

没有想到凌霄花的花期有这么长，从春末开始，它就在这里盛放着，已经有好几个月了。一路去往医院的高架下，几处藤蔓垂挂着，上面结着一串串的凌霄花，像一群天真烂漫的红衣少女，在风里银铃般笑着摇摆，让每个经过的人，抬眼都能感觉到它们的快乐。

印象中的凌霄花，一直是很柔弱的，要依附他人才能生存。舒婷《致橡树》中描绘的凌霄花，给人留下太深刻的烙印："我如果爱你，绝不像攀援的凌霄花，借你的高枝炫耀自己。我如果爱你，绝不学痴情的鸟儿，为绿荫重复单调的歌曲。"

在医院候诊室看到父亲时，我的眼泪差不多涌了出来。从下面县城赶过来，他们应该是不到5点就出门了。眼前的父亲蜷缩在候诊室椅子上，戴着口罩，只露出一双萎靡无光的眼睛。我第一次发现父亲的眼睛怎么那么小，如半粒蚕豆。看见我，眼里并没有太多欣喜，更多的是无助和茫然。

父亲在狭小的椅子上欠了欠身子，我握住了他冰凉的手，拍了拍似是安慰。父亲耳朵早聋了，平时一直不肯戴助听器，说嗡嗡嗡的头痛。我扶着他上洗手间，一边比画一边贴着他耳朵说："你不要担心，这个邵逸夫的蒋晨阳医生，看心脏病是最好的，全国的人都来找他，有的比你年纪还大，90多岁的都有呢。"

父亲今年88岁了，半年来一直觉得胸闷难受，他总摸着自己的心跳，说一会儿停一会儿跳。医院心电图检查出来有房颤，大家想着年纪这么大，做手术会不会有风险，就先吃药看看会不会缓和。后来我们问了很多人，查了很多病例，房颤要做造影，仅仅靠吃药，是不能根本解决问题的。就像汽车发动机，里面油污堵塞了，管道不疏通不行。

父亲对我信任地点点头，走路窸窸窣窣地拖着脚，脚步蹒跚犹疑。我托着他的手臂，胳膊瘦弱苍老，像是一段枯木。父亲衰弱地对我说："医院我不担心，我就是担心你妈，她一个人在家里。"

我想母亲应该很有福气，嫁了个好男人。父亲应该是很爱母亲的，所以会在一个男人50出头干事业的时候，提早退休回家陪母亲。他总说母亲辛苦半辈子，和奶奶要带四个孩子，又要干农活，地里、山上的，家里不能没有男人。父亲办理退休的那年，我才读高一，哥哥姐姐们都已经工作或赚钱了。父亲没有和我们商量，也没有让任何孩子顶职，就办了早退手续。多少年之后，我的理解是，父亲是个情种，爱美人，更胜过爱江山。

父亲回到了农村的老家，母亲基本就轻松了。但奇怪的是，不回来的时候，母亲常写信希望父亲能回来，回来了两个人总是乒乒乓乓吵架。吵架的内容五花八门，农事稼穑要吵，菜米油盐要吵，春夏吵，秋冬吵。战火基本是母亲点燃的，父亲做什么事情，母亲总要在旁边指指点点，像是督查组派来巡视的，啰里八嗦、指手画脚。父亲听得心烦，就把胸腔里的怨火发到家里的鸡啊、鸭啊、猫啊、狗啊身上，撵得它们鸡飞狗跳的，无意中也培养了它们的战斗能力。有一次，隔壁的大黄狗在我家门口探头探脑，我家的大花猫蹲在门槛上，一巴掌挥过去，把大黄狗打得落荒而逃。

我记得有一天晚上，母亲闹着要离家出走，说要离婚。父亲坐在矮凳上，把头埋进两只膝盖中间，像只沉默的鸵鸟。哥哥姐姐们惶恐不安，着急拉着母亲。我一步上前和母亲说："你走吧，赶紧离婚，我告诉你，你一离婚，我爸立马娶个大姑娘。他为了你提早退休，每个月工资交给你，不抽烟、不喝酒、不打麻将，这么好的男人肯定是外公外婆祖上积德，你才找到的。

现在的男人可不比你们那个年代老实厚道，非但不赚钱，还家暴打女人，外面的世界有你想的这么好、这么美吗？”

母亲愣在那里，后来哇地哭出声：“有你这样的女儿吗？吵架不来劝和，还让我们离婚，还说你爸要娶大姑娘，他一个糟老头能娶大姑娘吗？”

姐姐说，让他们两人吵吧，吵架也是一种相处方式，你看他们吵了几十年，有没有分开过。村里的老人，两个人就是伴，但凡一个先走了，另外一个会衰得很快。父亲和母亲都八十多了，头发黑的多，脸色红润，和每天吵架也是有关系的。吵架要有精气神，中气足，肺活量大，还得准备好讲话稿。

医生很快给父亲安排了手术，心脏没有放支架，只做了射频消融。手术第二天，父亲就说爽快舒服多了，之前像鱼离开水一样透不过气，憋着很闷，现在像是鱼又重新游到了水里。原来惨黄的脸上泛出了红晕，连眼睛也变大了，眼神熠熠有了光彩。

但是父亲还是不能接电话，在床上休息。母亲一天打三个电话过来，问父亲怎样了。我们告诉他父亲要静养，现在不能接电话，而且耳朵听力不好，大声说话会影响病房其他人。平时很霸道的母亲，电话里显得无助和柔弱，怯怯地说：“我就想听听他的声音，让我和他通个电话行吗？”

父亲问用了多少钱，说在医院住了三天，几千元肯定是要花的。之前我们从不和父母说费用，但是这次大家决定实话实说。父亲有退休工资，本来大可不必像庄稼人那样到田地里刨食，门口园子种点小菜小瓜的就可以了，但是父亲和母亲一直和我们斗智斗勇。父亲是从部队回来的，还把游击战术发挥出来，敌进我退，敌退我进的。嘴巴上答应得好好的，等我们一离开村子，两人就跑到山上田里捯饬，种玉米、采茶叶，父亲腰里还系着把柴刀，一副雄赳赳气昂昂的样子。

得知这次心脏射频手术花费了10万元，父亲张着嘴巴捂住胸口说："那今后是不能去干活了，这里要10万元呢。"似乎捂住的不是心脏，而是10万元人民币。

父亲一个月内要吃流质食物，哥嫂让他住在县城里调养，暂时不回村。父亲魂不守舍地在屋里走来走去，说虽然给母亲叫了陪夜，但是她一个人在家里实在不放心。想着两个老人彼此记挂，嫂子就去动员母亲到县城来住一阵子。

那天进城的大巴上，嫂子她们上车的时候，车上已经坐了两三个老人。行了十里路，上来两个80多岁的老人，一个说到镇上买毕浦小笼包子，一个说是到医院配药。过五里地，又有两个老人上车来。一个背着二胡说去老年大学，另外一个背着个双肩包，挺精神的。车上有人说："我耳朵聋了，听话不方便。"另外一个说："我也聋了，不喜欢戴助听器，那个东西戴着像苍蝇在耳朵里叫。"一个老人说："世界不太平啊，你们知道吗，日本前首相被人用枪打了。"另外一个说："你说啥，我听不到，说大声一点。"

大巴车左拐右拐，有点摇摇晃晃的，车外的农户院子篱笆上，凌霄花橘红的花朵，在蓝天白云的映衬下分外惹眼，一朵朵喇叭花盛开，像是吹着一个个小号，又像是一只只小天鹅跳着芭蕾。

车里都是一群七八十岁的老人，大声而热情地唠着嗑，大家手牵着，身子紧紧挨着，开心快乐得像是一车的凌霄花，相互攀援，相互依偎，在 40 摄氏度的高温下热烈地绽放。

“赤脚医生”漫山坡

这是年末最后一天上班，正是傍晚五点半的武林广场，街道上出奇的静穆和空旷，驻足可以听见梧桐叶从树上飘落的声音。体育场路上不见之前的川流不息和人仰马翻，地铁站内也是空荡荡的，全然没有周末的人头攒动。有个穿着红衣服的三四岁小女孩，快乐地围绕着不锈钢扶手跳舞，旁边的大人们似乎少了这样的兴致，一个个戴着口罩和帽子，寂然低头翻看着手机。

正是周五的下班时间，再过一天就是新年，但整个城市的节奏，似乎像老式的钟摆一样有些滞缓。这些天来单位上班的，元气大都还没有完全恢复。大家走路、说话都比平时慢了一拍，做事温吞吞的，脚步轻飘飘的，眼神迷迷离离，不再像过去打鸡血一样“走路带冲锋，像雨又像风”。同事间不愿意费力气多说话，点点头就算作交流。

前几天冬至，我打电话给父母，问家里有没有感冒发烧药，母亲说没有，这些感冒药乡卫生院比较少，要到县城医院里找医生开处方配药。被圈在羊群里的我和哥嫂，只能在电话里千叮万嘱父母不要出门，就像孙悟空给唐僧画了个圈一样，给他们界定了个活动范围，仅限家里和门口院子。父母都80多岁了，耳聋眼花又有基础病，万一有点状况，真担心远水救不了近火。

听我忧心忡忡的喋喋不休，父亲说没事的，他已经用毛竹把家门口的路拦起来了。我想病毒又不是狗啊猫的，毛竹怎么能拦得住呢？母亲说，你们不用担心，听上去和伤风感冒差不离，就按照土办法来预防呗，用老生姜熬红糖喝，再用艾草泡脚熏屋。更何况，真的有事情我们会去找长龙的。

长龙是乡卫生院的医生，撤乡并镇后，乡卫生院功能就像城里的社区医院一样。长龙以前是赤脚医生，别看长龙在乡下，但是在大伙心目中的地位，丝毫不逊于省城三甲医院的主任医生。十里八村的老人，哪个高血压、哪个心脏病、哪个头痛脑热，谁家里的药吃了多少还剩多少，什么时候该配不该配，长龙是一清二楚的。父母即使在大医院看病配药，也要拿去给长龙看一看，长龙审阅过后就放心了，好像长龙就是大家心目中的“大长今”。

我的一个朋友是临安人，他说：“我们一千多人的大村子，症状都不严重，没听说谁大病了，病重住院了。病毒一来，村民们一下子到哪里去找西药，也买不到退烧药。还好，靠山吃山啊，大家都到附近山上挖草药、寻草药，不管有用没用，煎水泡茶喝。什么前胡、艾叶、鱼腥草、野菊花;什么生姜、葱白、枇杷叶、青龙白;什么酒药花、白毛夏枯草、车前草，等等，家家户户都在炖草药熬中药，一个村一下子冒出来很多‘赤脚医生’，人人都是老中医一样。老百姓一点也不恐惧，很少咳嗽，该吃吃，该睡睡，真的佩服劳动人民的创造性！”

我母亲也当过八九年赤脚医生，家中抽屉里有一本宝书，似乎是《赤脚医生手册》，扉页有一行题词：“把医疗卫生工作的重点放到农村去”。案几上常年放着个药箱，这些我们是不能轻易碰的。母亲经常到山上挖草药，给别人打针包扎，半夜三更被叫去接生。我小时候很羡慕有人生病住院了，那样就有黄桃罐头和苹果吃。但我很少头痛发热，即使生病了，都是上山挖个草药煎了喝，不去医院，自然也吃不上罐头和苹果。

母亲经常教大家辨别一些常规草药，家门口也时常晒一些花草啊根茎啊什么的。时间长了，我们都认识不少中草药，也知道它们的一些药效。如黄荆、桑叶、柴胡、白菊黄菊、葱白等，是感冒发热用的，能祛风散寒，咽痛消肿。蒲公英清热解毒利尿;鱼腥草、马齿苋、金银花清热解毒消肿。有一种草长得像鸭子的脚，叫作鸭跖草;还有一种叫作拉拉藤、割人藤，学名叫葎草的，可以治疗蛇咬疮痈肿痛等。

印象中母亲经常提到两种草药，不过我总是分不清。一种叫作“七叶一枝花”，听名字就是七片叶子一朵花，根茎黑色细长椭圆，可以用于小儿麻疹肺炎。还有一味草药叫作“一枝黄花”，不是现在外来入侵品种的“一枝黄花”，可以治疗感冒、咽喉肿痛和扁桃体炎。还有一味草药叫作“三叶青”，三片叶子，根茎是一个吊葫芦，是治疗蕲蛇、银环蛇咬伤的良药。

乡村里的山涧边，田塍上，高山缓坡，几乎都是长着、藏着草药的福地，我记得村里的溪水旁，到处都是一丛丛的黄精，叶子像是细长的箬叶，根茎挖出来后，经过九蒸九晒，黑黑的甜甜的，咬着像是番薯干，煮水喝了能补脾润肺生津。

母亲当赤脚医生后，每次到学校打疫苗，总是先把我拽出来一针扎下去：“同学们，你们看，一点都不痛的。”大哥和二姐都会扎针，也懂一些草药。尤其二姐，从小就喜欢看母亲给别人打针，学着大人的样子，摸摸人家额头，看看舌头、搭搭脉。她三四岁的时候，因为跟着母亲到医院看病人，一不小心还染上了脑膜炎。

小时候的我每天跟着大姐、二姐，很多小病小痛，都是姐姐们照顾好的。二姐还无师自通地掌握了一些独门秘籍，学会治疗医生手册上没有记载的一些病例，最典型的就是帮我治好了牙痛。

那是20世纪80年代的一个正月，这一年冬天雪下得特别大，山里的交通断了。偏偏这个时候，我的半颗蛀牙痛了，右边下颌倒数第二颗臼牙，像被点着了的炸药一样，鬼抽般撕心裂肺。

牙痛不是病，痛起来要人命。10岁的我痛得从床上滚到木板上，又捂着嘴从楼上哀号到楼下。姐姐们给我找到了几粒止痛片，第一次吃一颗，没用；第二次吃两颗，没用；第三次吃三颗，母亲说，再吃下去，牙不痛了，人恐怕要傻了。

大雪封山，我们根本出不去，更何况，当时的交通工具也只有自行车。即使能出去，距离六七十里的地方，才有镇医院。二姐说，没有办法了，试试农村的杀牙虫土办法吧，不过我没有试过哦，权当死马当活马医吧。

二姐先找来一盏煤油灯，倒了一碗农村里打的菜籽油。从旧被单上剪了一条棉片，用白麻线密密缠在筷子尖上，像是一根橡皮铅笔。然后让我坐在火盆边，吩咐我对着光亮张开嘴巴，张得越大越好，姿势固定不能动，她撸起袖子开始手术。

所谓手术，就是把包了棉布条的筷子，浸泡在菜籽油里，然后在煤油灯上“呼啦”一下点着，燃烧3秒后，“扑哧”吹灭火苗，趁着滚烫的温度，把冒烟的筷子头按在我虫蛀的牙齿上。

我一看这个阵势，和渣滓洞烙铁行刑一样，又害怕又慌张又疼痛，哪里肯将就，拼命想逃脱。二姐说，你再扭来扭去，这个滚油滴到你脸上，就变麻婆了。

我只有忍耐住万般恐惧，任由二姐摆布。筷子油布吱吱响着按在我的牙齿上，燃烧、熄灭，再燃烧、再熄灭，我似乎听见牙齿里面有万千虫子兵荒马乱，被火油烧死的呐喊嘶叫和垂死挣扎。

二姐连续三天给我杀牙虫，每次半个多小时。最后一次却失了手，手一哆嗦，没有把控好，一滴滚油烫在我嘴唇上，立马起了个大血泡。母亲见状跺脚就骂：“你就不能当心点吗？这毁了容，以后还能嫁得出去吗？”

非常奇怪的是，从二姐给我杀牙虫到现在，三四十年过去了，我那个虫蛀的半截破牙，再也没有痛过。

“赤脚医生”漫山坡，办法总比困难多。农村真的是个广阔天地，大有可为。

篱笆墙的木槿花

那天喊了一个货拉拉搬东西，看见车厢里到处散落着紫色的花瓣，是木槿花。师傅说是上午出工，拉了一车木槿花去饭店。这两年丽水种植的木槿花，在食客这里很受欢迎呢，木槿的鲜花清香、甘甜、柔滑，可以炒鸡蛋、放汤、炖鱼锅，但是新鲜的花不大好运输，能送到杭州来的也是少量订制。

木槿花，是锦葵科木槿属的落叶灌木，原产东亚，和芙蓉花、玫瑰茄都是亲戚，这批拉到饭店紫红色花朵的单瓣品种，有另外一个名字叫作“阿芙罗狄”。听起来，和古希腊神话女神阿佛洛狄忒很接近。

在我儿时的记忆中，村里到处是这样紫色的木槿花。篱笆墙上，门前院子，菜园子角落，每到夏天，紫色或白色的木槿花就摇曳生姿，婀娜而害羞地盛开在路旁。木槿和柳树一样很好养，不怕烈日和洪水，扦插一根木槿枝条下去，根系可以扎进很深的土壤。年年岁岁，那些紫色或者粉白的花，似乎就和大家约好了一样，次第纷开。“夏至到，木槿荣”，木槿花的花期很长，从当令的盛夏一直可以开到秋季。岁岁年年，从孩提的记忆到现在，“四时兴，长相伴”，木槿花开满了我们乡愁的回家路上。

看到木槿花，不由得就想起了我的姐姐。她们在我心里，就是一朵朵美丽温柔、娴静羞涩的木槿花。

我是有福之人，有三个姐姐，大姐、二姐和梅姐，她们岁数相仿，都是 60 年代的。隔了一代的我在她们的眼中似乎不是妹妹，而是一直被当作孩子相待。

我家四个孩子，哥哥、大姐、二姐彼此间只相差了一岁，母亲一年一个接连生下了三个，我和他们分别相差七、八、九岁。我的出生对高龄的母亲来说是个意外，但肯定不是惊喜。据说是医生之前没有给母亲结扎到位，等到发现怀上后，孩子太大已经没法流产了，有点买三送一的意思。农村的孩子早当家，除了洗衣、做饭、挖猪草、干农活，两个姐姐还有个任务就是照看我这个“小东西”。

大姐曾经是我们十里八乡的一朵花，皮肤白里透红，身材高挑婀娜，一双大眼睛水灵灵的会说话。大姐手巧，织毛衣、裁衣服、做裙子都不在话下，我家相册里，照片最多的就是大姐。有一张照片她就站在院子旁边的木槿花旁，穿了一件当时很流行的圆领针织毛衣，肩上披了一块流苏围巾，脸如满月，笑靥如花。

我们有个表姨妈在杭州笕桥，大姐到姨妈家里玩了几天之后，杭州两个小伙子，千辛万苦、千难万险寻到我家。当时我老家对外还没有通车，杭州到桐庐县城，县城再到我家，起码得两天时间。中巴、拖拉机、自行车、11路步行等交通工具，一一经历，说是千里迢迢都不为过了。

大姐和姐夫后来到县城开过小吃店，做的豆腐包子很受大家喜欢，比现在的建德豆腐包还好吃。大姐不喜欢碰钱，店里摆着一只装钱的铁盒子，客人自付自取。她喜欢看报纸和杂志，

每年总让我给她订一份《钱江晚报》或者《都市快报》。一直到现在，大姐还会不打招呼出现在我单位门前，拉着拉杆箱，拎个旅行袋，看起来似乎是出差，其实里面装的都是我喜欢吃的各种宝物：柴火灶烙的干菜饼、萝卜丝菜饼、番薯粉圆子、倒笃雪里蕻腌菜、手工牛肉酱，等等。大姐到我这里并不方便，要倒腾三四趟车，来回总要四个小时，担心被我拒绝，每次来总是冷不丁给我个突然袭击。

二姐相对来说比较叛逆，她喜欢文学，高中毕业之后白天干农活，晚上就格格不入地倒腾文字。夏天的午后，蝉在窗外不停聒噪，二姐带着我躲在楼上读小说，和懵懂的我说起《飘》里面的卫希里和白瑞德。我们竖着耳朵，一边担心母亲上楼，一边就等着院子木槿花旁那动人心魄的声音响起："赤豆棒冰啊。"

我中学读书在几十里外住校，每次去要带一个礼拜的霉干菜和米。母亲是全家的领导，要高屋建瓴统筹安排，舍不得在我的霉干菜里面多放肉。二姐总是想办法支开母亲，趁她不注意，把案板上所有的肉全部下锅给我炒霉干菜。所以我在同学这里算是富裕的，到了周三周四，把罐子里的霉干菜刨个底朝天，竟还能找出肉来。

那个时候我们没有洗发露，洗头发都是用香皂。姐姐们摘了木槿叶子，放在盆子里搓揉，很快就能搓出一盆碧绿黏稠的汁水，过滤了叶茎，兑了温水下去，用这样的水浸泡头发洗了，发质光滑柔软如丝绸，比现在美发店的水疗高级多了。姐姐们洗完之后，披着乌黑发亮的头发，迎着木槿花站在夏天的晚霞里，亭亭玉立，美得像是天边的彩霞。多年后，我读到《孔雀东南飞》中写的："日出东南隅，照我秦氏楼。秦氏有好女，自名为罗敷……行者见罗敷，下担捋髭须。少年见罗敷，脱帽着帩头。"想起村里的小伙子有事没事，总喜欢跑到我家来串门，我大哥经常披了一身白床单，躲在门背后，冷不丁跳出来大喊一声"鬼来了"，常把那些小伙子吓得魂飞魄散，不觉莞尔。

梅姐是我二姐的高中同学，第一次见到梅姐，是她坐在院子门前看书。一根辫子乌黑发亮垂在腰际，我想这个世界上怎么有这么标致的美人，鼻子挺拔高耸，神态像极了《红楼梦》里所描写的林黛玉："两弯似蹙非蹙罥烟眉，一双似喜非喜含情目。"那时候哥哥在乡文化站工作，《红楼梦》整页整页会背诵。我想，梅姐的头发，也是用木槿花叶子洗的吧，才如此水滑油亮。后来，梅姐成了我的嫂子，我就一直按照对两个姐姐的叫法，喊她梅姐。

两个姐姐出嫁后，梅姐和我走得最近了，她像我亲姐姐一样，记得我喜欢的口味，什么盐卤豆腐炖雪菜，番薯鸡蛋面，等等。每次我回家了，都提前把我房间被子换了，地板拖了，毛巾备了，整得我像远方客人一样。父母年纪大了，脾气性格越来越像孩子，梅姐每天忙得像陀螺，奔波操劳。现在医院看病，都是用智能手机，不要说老年人，就是年轻人也晕头转向。梅姐预约医生，研究病理，配药、陪夜、料理，比我们三个女儿悉心周到多了，俨然半个专家。前阵子我回家，看梅姐在给母亲洗头，88 岁的母亲脸色红润，头发一半还是黑的。旁边院子的篱笆上，木槿花开得正欢，迎风笑得灿然。

年轻时候不听李宗盛，听懂已是不惑年。十年前，我看过余华的《兄弟》，当时并未读到心里去。前几天再看《兄弟》，那日是黄昏，快下雨了，初秋的天气已经有些阴冷，落叶开始一片片飘落。当我看到宋钢长途跋涉来看望李光头，带着五颗大白兔奶糖，李光头和宋钢隔着门板闻大白兔奶糖。我突然想到，初中时候我走了六七个小时回家，包里放着一个带给姐姐的麻球，走了一半路，实在饿了，小心翼翼啃了一小口，再走了段路，又小心翼翼啃了一小口，等走到家里，麻球只有半个了，我献宝一样迫不及待递给满心欢喜的二姐。

《诗经·郑风》里描写："有女同车，颜如舜华。将翱将翔，佩玉琼琚。"任时光飞驰，那些开在我心里的木槿花，是永远不会凋落的，一朵一朵，簇拥开放，那样的娇艳明净，那样的温柔向阳，灿烂如昨。

胭脂巷的玉兰花

老巷的早晨是被一份热气腾腾的拌面，一碗浓香四溢的豆浆，一根现炸的油条，一碟吱吱乱叫的煎饺唤醒的。杭州人喜欢吃拌面，猪油、豆腐干、葱花，自制辣椒酱，再加点醋，热气腾腾的一碗拌面下去，满足了虚空一夜的胃，一天就此充实开动起来了。

胭脂巷的春天就那么不经意来了，满心欢喜的是小区玉兰的一树繁花。乍暖还寒万物萌发，农历尚未到惊蛰，楼下的玉兰花就一朵一朵绽放开来，冰清玉洁，端庄典雅，浓郁而热情地昂着头，在蓝色天空的背景下，一簇簇白色花瓣显得这样美好而纯净。

体育场路的媒体同行们都知道天水小区这条不过 200 米的巷子，早年报社、电视台的人常在这里出没觅食。从早上热腾腾的豆浆、油条、包子开始，一直到深夜还等待晚班编辑的麻辣烫、拉面馆和鸭头鸭脖，这里早已经是大家不分昼夜的日剧《深夜食堂》，每天见证和翻滚着最热腾而真实的生活。小巷很多店铺店主，大家都不知道他们确切的名字，或者原来就没有什么店名，都是拿各自特色随便一叫，时间长了竟然约定俗成。什么“沙县小诸葛”“马云小学同桌”“驻唱歌手饭馆”“单车王子赵大伯”，等等，似乎个个都是“事了拂衣去，深藏功与名”的江湖高手。

在胭脂巷住了20年，我早已熟稔于这里的烟火气。我们一幢的居民有121户人家，60岁以上的老人有96人，其中90岁以上的就有7个。住在胭脂巷里面的居民，像电视剧《七十二家房客》里一样，家家都有故事，楼道里透着浓浓的烟火气。

二楼住着一位80多岁的孤寡老太，腿脚不方便，社区和邻居常上门给她送东西。三楼住着一个中年男人和他的母亲。男人对母亲特别孝顺，常看见他把母亲安置在轮椅上，两人每天兴致勃勃讨论吃什么:红烧甲鱼、油豆腐炖肉、萝卜丝烧带鱼、鲫鱼豆腐汤，等等。

那个挺有名气的电视台主持人阿宝住的是四楼，头发梳得锃亮，衣服笔挺，常在节目里看见他讲着地道的杭州话。看管传达室的阿明穿的衣服很奇怪，有的时候穿得像建筑工人，有的时候突然会穿阿玛尼、鳄鱼等名牌，这些衣服都是阿宝不要穿了送他的。冷不丁，阿明穿个白裤子坐在传达室，乍一看背影以为阿宝在做节目。

五楼的房子经常出租，最初租客是两个俄罗斯美女，在金海岸跳舞，身材火辣得不行，大冬天也穿个短裙，晃悠着两条大长腿。后来金海岸生意不好不开了，租客换过杂志社的妹子，互联网行业的小伙子，还有刚分配到医院的护士。

小区传达室就像一个联合国的新闻联播，从早到晚，总是集聚了一拨年纪大的大伯大妈，今天哪个菜场什么时鲜货，价格多少，怎么烧法；明天哪个企业上市或倒闭了，后天哪个国家领导人出访。中东局势态势，美国又使什么幺蛾子。国家无小事，小家也大事，话题长年不断。只要我上午出门晚了，几个人看见我就说："你今早接个噶暗滴（你今天怎么这么晚的），昨晚几点回来的？要迟到了哦。"

他们一边说我，我一边点头称是，小区里大家养的那只小黑，也在旁边摇着尾巴看着我，眼神和大家一样，笑眯眯的。

胭脂巷最南边入口处的报摊老板，是马云的小学同班同桌濮师傅，2014 年 9 月 19 日，《都市快报》出了一个整版《老同桌老同学马云今天要在纽约证券交易所敲钟了》，素来默默无闻的濮师傅，一下子出了名，国内外几十家媒体都报道了濮师傅的故事。

2008 年杭报大楼旁边的胭脂巷，开出了巷子里第一家"沙县小吃"。店不大，20 个平方米，老板是小两口，还有一个小伙计，是老板的小舅子。也不知道什么时候，是谁给这个沙县店里三十出头、瘦弱矮小的男人取名"小诸葛"的。他从你一开始坐下，就用"福（胡）建"口音开始各种话痨，细数全国各地 GDP 的增幅和降幅，从国内大事讲到国外，最后还对当日杭州各大媒体的新闻进行"点评"。

巷子里号称“单车王子”赵大伯的修车铺，只有 4 个平方米左右，四壁全是修车的零件和工具。门上贴着杭州媒体对他的采访，标题是：“看了 2 天别人修车，结果，一不小心修了 20 年别人的车”。赵大伯长得很有范儿，高高的发际线，夏天穿个背心露个膀子秀肌肉，脖子上挂串长长的檀木项链。他的摊位在一棵法国梧桐树下面，支着一把太阳伞。伞下，一把破椅子，一张旧凳子，凳子上经常有一把紫砂壶和一个暖水瓶。有时候，旁边的台阶上还有一只鸟笼，笼子里有一只欢快的八哥。他家的狗狗帅黑脖子上系个项圈，俊俏帅气。每次大伯看见小黑来找帅黑，大伯就很生气一阵猛赶，说小黑身上有跳蚤，会过给他家的帅黑。

再往北走，有“高启强猪手面”、重庆麻辣烫、驻唱歌手小饭馆、老太婆卤鸭什么的。

天水小学旁边弄堂的老太婆饭店，卤鸭卤牛肉和素鸡做得让人销魂，三张桌子，三个店员，每次都要排队等位置。有一天店里关门，门上贴出一张告示：“全店休假 8 天，去马尔代夫旅游。”

再往前，就是胭脂巷的出口了，交接中山北路，坐标叫小北门，胭脂巷的“头牌”网红溪渔馆就在这里了。很多报纸都曾不吝版面给“溪鱼馆”做过报道。大家在这里，一不小心就会遇到旁边浙报集团、青年时报社的同人。吃菜不用看菜单，很多菜早就被人家心心念念：鱼头炖豆腐、生炒小公鸡、牛肉炒腌菜、香干萝卜苗、尖椒臭豆腐、农家酱香肠。

疫情三年，我们似乎是过了一个世纪。沙县小诸葛早就回老家去了，不知道现在有没有娶媳妇。电视台的阿宝搬走了，阿明还穿着几年前阿宝给的白裤子。纸媒最好的那几年，杭州像濮老板这样的零售报摊就有三四百家，后来越来越少。前年12月，濮老板黯然神伤地告诉我们："看看有没有什么东西可以拿去做个纪念的，报摊到年底就关了。"也不知道濮老板现在在做什么，都好吗？

我们那个单元二楼三楼的两个老人都走了，楼下搭起蓝色大棚，里面传来念经和敲木鱼声，邻居们会收到豆腐干和糖。最猝不及防的是修车师傅"单车王子赵大伯"突然没了，据说走的时候是一个人在家里吃饭，第二天发现他的时候，他还保持着咪酒的坐姿。

2019年9月10日是中国的教师节，阿里巴巴成立20周年纪念日，也是马云55岁生日。那天聚集了3万人的杭州莲花碗，被称为有史以来规模最大的年会，是杭州的"奥斯卡"狂欢。第二天杭城所有报纸版面，都是濮师傅同桌饱含热泪的照片，标题几乎都是"青山不改，绿水长流。江湖再见，后会有期"。

江湖上有再见，后会却未必有期。那时候年轻，我们的脸上少了些岁月的沧桑，阳光打在你我的脸上。《都市快报》有一张让人印象特别深刻的海报，上面是一队小伙伴奔跑的样子，海报上写着"那是我们的青春"。我们传媒公司刚成立的时候，墙上刷着一行闪闪发光的大字："草原上，羚羊不断地奔跑，否则就要被狮子吃了。"

"这是一个流行离开的世界，但是我们都不擅长告别。"报社拐角处的那株白玉兰，因为背阴，总比小区里的要晚开一个礼拜。巷子里的店铺关结了又开张了，新闻大厦的大门，总进出着一群相信或不相信故事的年轻人。倒是胭脂巷的传达室，还是一如既往热闹，从早到晚，像是三班倒值班一样不缺人，说说南北东西，谈谈三餐菜蔬。几个年纪大的女人坐在那里叠元宝、折锡箔、糊纸箱了，就知道有白事。桌上放着红鸡蛋啊巧克力和奶糖了，是哪户邻居添丁或办喜事了。四季轮回，迎来送往，日子就这样流水般过去了。抬头望，窗外的白玉兰一瓣一瓣飘落下来，安静而素美。

杭州法喜寺那株500岁的玉兰树也如期开花了，这几天去法喜寺和灵隐的人真多，一大早去往西湖景区的公交车，全满满当当挤挤挨挨。虽然是五百年的玉兰花，但是每一瓣开放的花骨朵，都和胭脂巷这生生不息的老巷开的玉兰花一样，蓬勃美丽，热烈认真，每一次盛开，都宛如新生。

洁白的天鹅绒

每天上午和下午上下班的路上，何娴和郭颖都会通一个电话，每次半个小时的样子。三十多年了，一直如此。

聊什么呢，每天这么聊着，不腻么？何娴说，什么都聊啊，聊天聊地，聊吃聊穿，聊阳光和黑暗，我们两人之间没有任何秘密，是彼此透明的。她们是初中同学，从十几岁到四十多岁，三十年了，像两棵生长的树，彼此看着对方成长、成熟，看着对方结婚、生子。

我问，用什么花来形容你们之间的友情合适呢，她说像天鹅绒吧，洁白、羞涩和清香。

郭颖在深圳，何娴在杭州，两个人想见面了，就会在周末飞过去飞过来。甚至有的时候，纯粹是一起喝个咖啡，为对方插一束花。有一次，为了郭颖，何娴在美国多待了十天，两人单独一起走一号公路。郭颖的老公公司在美国，郭颖不肯出国，她老公醋意十足地说："我看你不出国是因为闺密在国内，闺密比我重要多了。"

她们两个人的友情，是我所羡慕不来的。两人都是大美女，一个长得像玉兰油广告代言人，一个是青春不败，四十多岁了还是像少女。一个喜欢 BV 的包，一个喜欢鞋子，但是两人会不约而同买相同的睡衣。我从来没有见过何娴烦恼和无聊过，她总能把自己的空间和时间安排得满满的。她的兴趣爱好有很多，厨艺、插花、绘画和音乐，英语和法语说得也很溜，活成了许多女性想活的样子。反正，我是没有见她失恋过，或者为了感情伤心过，像一缕白云一样，飘过来飘过去的。

我问郭颖的兴趣爱好是什么呢，何娴说她最大的爱好就是工作，还有，就是和我通电话啦。

有这样的闺密，是挺美的一件事情。我看她们两人的友谊，像萤火虫的微光，彼此温暖，也更像两人都喜欢的蛋糕东京布歌，足以甜蜜一生。

在一个很深的夜晚，我接到一个久未联系的朋友电话："我在收费站，没带钱，需要 100 元过路费，你能转给我吗？"朋友是做企业的，不至于为了过路费打电话，后来，我听到了她的哽咽："深夜开着车，觉得太难受，太孤独，看看有谁能接我电话。"

我很理解这样的感受。在最冷的夜晚，我也曾打开手机翻找通讯录，我想 1500 个人的通讯录里，总有个电话，可以让我拨出去，总有一个问候会让我觉得温暖。但是最后，我还是默默放下手机，在这个孤独漫长而寒冷的夜晚。

中年人可以在朋友圈里炫美食、炫运动、炫孩子，唯有不能炫悲伤。夜色下的每一个小区，那些灯火像一片起雾的萤火虫。邻居们相隔咫尺，但都相距千里，不知道姓什么、干什么，不知道他们的孩子和故事。窗外的高架上车来车往川流不息，那些跳跃闪烁着夜灯的车子，总是这么急匆匆地往前飞驰，车上的人们，有的是出城，有的是进城，谁也不知道谁是谁的围城。

更年轻的时候，我们可以不顾体面，不顾场合地泪流满面，或号啕大哭，可以选择遗忘和重新开始。但中年人的悲伤，可以买醉，可以狂欢，却无法诉说和流泪。如村上春树所说:我恨不得放声悲哭，却又不能，就流泪来说我的年纪已过大，况且已体验了过多的事情。世界上存在着不能流泪的悲哀，这种悲哀无法向任何人解释，即使解释人家也不会理解。它一成不变，如无风夜晚的雪花，静静沉积在心底。

我有个闺密很久没有联系，甚至不在微信朋友圈，但是她总会适时出现。有一次医院手术，她在手术室外等了我七八个小时。还有前几天，觉得夜晚实在太寒冷，一个人几乎走不下去了，我拿起电话拨打了号码。

第二天，我收到了咖啡和鲜花。那是一束洁白的天鹅绒，悠远、清香，亮堂了整个心房。

七月黄梅最相思

江南的梅雨季节，就这么猝不及防地来了。早上出门看着天还好好的，寻思不用带伞，过一会儿就是噼里啪啦地来一场大珠小珠滚玉盘的雨点。空气中到处是黏黏的、湿湿的，似乎伸出手一捏就能出水。撑着伞行走在小径上，感觉自己像一条蜗牛，湿漉漉爬在草坪上。

黄梅时节家家雨，青草池塘处处蛙。这个季节江南最应景的水果也来了，红的杨梅、黄的杏，还有紫玛瑙般的李子、羞涩墨绿的青梅。单是念叨着这些水果名字，怕也会口舌生津，满嘴酸甜，是相思的滋味。

去单位的出租车上，司机很健谈，听口音是河南的。在杭州，出租车司机最多的就是河南师傅，一天开 12 个小时以上，一个月能赚个万把元辛苦钱。我说青芝坞有一家河南烩面很好吃，师傅说杭州的面再怎么做，也做不出他们老家洛水的饸饹面。师傅到杭州已经六七年了，再做几个月就回老家。大城市房价还是贵，孩子要读书，现在农村发展也挺好的。杭州什么都好，就是这个梅雨季节实在受不了，湿答答的，屋子里墙壁上似乎都要冒出水，会长出蘑菇。还奇怪的是，一到这个季节，正是麦子收割时节，特别记挂老家的饸饹面，新打的麦子磨成粉，用洛水的水，用婆姨的手，用父亲坡上放的羊熬汤，做出一碗洛水的饸饹面、烩面、臊子面，可美着呢。

洛水，就是曹植和洛神相遇的地方。“其形也，翩若惊鸿，婉若游龙。荣曜秋菊，华茂春松。髣髴兮若轻云之蔽月，飘飖兮若流风之回雪。”曹植是在端午前后，在洛水河边写下了《洛

神赋》，正巧也是江南的黄梅雨季，曹植在洛水边是不是一边吃着饸饹面，一边表达一份圣白如雪的相思呢。

突然想起北方的阮哥来，阮哥长得极像刘欢，是武汉大学中文系毕业的高才生。写得一手好文章，常在大报大刊上看见他名字。二十年前我刚到杭州，和北京驻点的几个媒体朋友，合伙在城西骆家庄租了房子，带卫生间和公用厨房，租金不到1000元。庄里和周边好吃的面馆、小饭店，我们轮流吃了个遍。吮着螺蛳喝冰啤，吃着火锅唱着歌，听老师们讲温州的皮鞋、织里的童装、德清的钢琴，等等。青梅煮酒论英雄，阮哥毫不吝啬帮我们改稿子，教我们站在宏观层面看经济报道。有一次，我们喊阮哥吃蒸双臭，就是臭豆腐蒸菜梗，他咀嚼着芥梗，百般不得其解，说这么硬的东西，我咽不下去啊。房东很客气，时常会送我们杨梅啊、枇杷啊，说是老家朋友带来的。阮哥怕酸，吃不得酸，也见不得酸，总是闭着眼睛说，你们赶紧把这些拿走，别在我面前晃。不过，他喜欢拿杏比喻南方姑娘：黄毛丫头，杏黄杏黄的，像出壳的小鸡，像这个季节一样好看。

已经十多年没有联系了，不知道阮哥在这个七月梅雨来临的时候，是否也会想起江南的我们。最好的朋友，不一定要天天联系，有些朋友，藏在心里便好。就如山阴县的王子猷想起了远方的老友戴逵，就连夜乘船去看他。快天亮时终于要到戴家了，王子猷却突然返程："吾本乘兴而归，兴尽而返，何必见戴。"

很多美好的食物都在慢慢老去，有些只能存在记忆中。在老家桐庐味道中，有一种小吃叫作“糊麦粿”。这个时节，新麦刚出，正是拓（摊）糊麦粿的时候。为什么用个“拓”字呢？糊麦粿是将搅拌好的面粉糊均匀地涂于锅上烤熟，这一过程有点像拓画，所以这形象的“拓”字大概就是这么来的。

拓糊麦粿是有一定技术含量的，一是糊的稀薄要刚刚好，稠了拓不开，稀了挂不住锅；二是拓的手法有讲究，要将一铲糊均匀地涂抹于锅上，而且要拓成一个囫囵圆形。锅内要似油非油，油太多，面浆在锅内会变成面团，油太少，摊好的麦粿会黏着锅。糊麦粿上，可以摊鸡蛋，裹上配菜，虾皮拌辣椒啊，咸菜炒笋干啊，各自喜欢，有点像杭州的葱包烩、台州的食饼筒。有经验的巧妇，事先把麦秸打成麦秸圈，烧镬、摊粿一个人搞定，一个麦秸圈烧一张糊麦粿，火候恰到好处。桐庐县城以富春江作为分割线，分为北乡和南乡。在南乡农村，摊糊麦粿和针线活一样，是衡量农家媳妇心灵手巧的一个标准。有句俗话“某某老娘呱嗒呱，摊起麦粿八只角”，说的就是某某媳妇嘴上硬，而糊麦粿却摊不圆，边口七高八低的，手不够巧。

在杭州的一个老乡网名叫作三文鱼的，每次回到老家，就开始在微信群里大秀他娘拓的糊麦粿，让我们这拨人对着手机屏幕吞口水。三文鱼的娘拓糊麦粿用大锅，拓的糊麦粿像月亮那么圆，雪白剔透，上面涂点梅干菜，撒点葱花，宛如黑白山水画。三文鱼的娘在锅上拓糊麦粿，三文鱼坐在灶下管火候，一手抓着糊麦粿往嘴里送，一手往灶膛里塞麦秸、松毛丝，母子俩絮絮叨叨唠嗑，三文鱼讲杭州的新鲜事，娘说村里的家长里短，那是母子俩最开心幸福的时刻。虽说三文鱼的孩子都读大学了，但是在娘眼里，谁不是个孩子呢？

麦子新收，又到了吃糊麦粿的季节，一个朋友不由触景伤情："我没有娘了，再也吃不到我娘拓的糊麦粿了，我怎么拓，也拓不出像娘拓的那么圆的糊麦粿；怎么做，也做不出我娘做的糊麦粿味道。我，很想我的娘。"

窗外滴答滴答的雨，无端让人思绪蔓延。想那乡下一处植有黄杏的院落，一只遗忘在角落的瓮坛，一处堆满柴垛的角落，一个娘拓的糊麦粿。想象，就让这个黄梅季节那般圆满可爱和美好起来。

挂在树上看秋天

冬季到台北来看雨，看的都是泪雨。秋季到杭州看西湖吧，是一地的爱与哀愁。

杭州最美的季节是秋季，但在我的眼里却充满了悲情。断桥的残荷支棱着灰黑的身子，像是一把把扯断弦的琵琶。北山路上飘落的法国梧桐叶，在地上翩跹起舞，跳的是春花秋月的曲子。不远处苏小小的墓，用的明黄色彩，正是秋天和大地的颜色。

在大学当老师的谢教授却不认同我的悲观，他说秋季的杭州西湖多美啊，有着独特的惊艳风骨，荷花只有在西湖里，才能展现她最美的气质。天上的浮云，摇橹的小船，泅游的野鸭，步道旁典雅的人文气息，西湖的荷花，就是和别的地方不一样，去其他省里看荷花，即使蔓延几十里地，就是和杭州的荷花气质不一样，没有这个韵味。

楼外楼的早餐片儿川多少钱，很多杭州人都回答不上来。

谢教授很笃定地说是 10 元，青菜面也是 10 元，最近添了茶叶蛋。楼外楼的片儿川只有每天早上八点之前有卖，这也是政府给早上来看西湖的游客福利。谢教授的双休日必有一天，是早上六点多到西湖，夏看荷花冬赏霜，逛完半圈后，就到楼外楼吃碗面条，再开着车去美女峰。他的包里放着吊床，这个吊床还是 20 多年前花了 46 元钱买的，尼龙质地，牢固轻盈，一直放在车上。在美女峰的某个山上角落，有个属于他的隐秘领地。一株弯曲呈圆拱形的松树，似乎是进家的门，旁边有矮矮的两丛红花檵木，是两个门童盈盈笑相迎。他经常来这里，躺在吊床上看天观云，能从上午待到下午，有的时候用 iPad 看一部电影，有的时候什么也不干，就在吊床上发呆睡觉。山上有几十种鸟，每一种鸟的叫法是不一样的，鸟和鸟之间在呢喃、在对话。那些遛鸟的大伯们，就经常提了鸟笼到山上，把笼子挂在树上，笼子里的鸟和山上的鸟就开始聊天了。“妹妹你家昨天喂你什么好吃的啊？”“再怎么好吃的食物，也抵不上哥哥你在森林里快活啊。”先是两三只，再是七八只，叽叽喳喳、啾啾呱呱的像是大合唱。

谢教授的日常生活极为规律和自律，每天早早起床锻炼，不吃外卖，不沾烟酒，不无效社交，最喜欢的是看山山水水，看云蒸霞蔚。几十年下来，百看不厌的是西湖。他闭着眼睛都知道哪里荷花开得最欢，哪里荷花拍照的人少。空谷传声那里有海娃放羊雕塑，清早的露珠在草尖上挂着，白茫茫的有种别样的迷蒙和轻灵。空谷山音那里有一排枫树，到了十一月份，一大清早来取景，太阳从东边照过来看，呈现一层层五彩斑斓的色彩，折射在红枫上，炫目而壮观。

有一次来了外地朋友，谢教授请他们住在一个看起来普通的西湖边宾馆。客人们好奇怎么会安排这里，说在这里有什么好看的。谢教授说，可别小看了这个宾馆，它的左边是华严第一山慧因高丽寺，里面有 13.5 米高的转轮藏，是国内最大的转轮藏。再往左是于谦墓，法相寺旁边还有千年以上唐樟，处处都充满着人文气息。

就像一片落叶飘进这座城市里，在杭州生活 20 多年的我，竟然从来没有好好看过、品过、体会过西湖。我把秋季想得太悲情、太疼痛，就像一阵风，会无声无息地在这个城市消失，也像一片落叶，腐烂和融入大地。在我眼里，人生不过像一株坚强的蒲苇，也像一株倔强的藤蔓，在这片温情濡湿的江南泥土上，孤独而寂寞生长罢了。

每次阅读那首诗《长颈鹿》，更觉秋季悲情：那个年轻的狱卒发觉囚犯们每次体格检查时长的逐月增加都是在脖子之后，他报告典狱长说:“长官，窗子太高了！”而他得到的回答却是:“不，他们瞻望岁月。”“仁慈的青年狱卒，不识岁月的容颜，不知岁月的籍贯，不明岁月的行踪；乃夜夜往动物园中，到长颈鹿栏下，去逡巡，去守候。”殊不知，我们瞻望的是岁月，生活往往给予我们的，却是岁月的张望。

我们的内心深处，是不是也有这样的三扇窗户，现实和梦想往往是一堵堵高墙，仰起脖子，透过眼睛上方的窗户看到的是蓝天，是白云，是云卷云舒，是天高任鸟飞。如果我们的脚下有个窗，俯下身子，就可以看见蝼蚁、小草、泥土和狗屎，可以看到各式奔忙的脚步，碾轧的车轮。如果我们的眼睛平视之处有个窗，我们就可以看到每个人脸上的表情，有无视和漠然，有淡定和焦虑，有窃喜和忧伤，甚或，戴着口罩，你看不到他的表情，甚或，戴着墨镜，你看不到他眼睛里充盈的是泪水还是别的。

秋天是有脚的，带来了痛苦的方向，像是茅草在心里疯狂地生长。秋带着疼痛和思念而来，像决堤的河水一样，在内心泛滥和汹涌，是丝是线，如影如烟。

但谢教授却不是这样想的，在他的眼里，秋天的西湖每一颦每一笑，每一昼每一晚，都美得不可方物。

西湖是谢教授的女神，看了、赏了、膜拜了几十年，却从来没有产生审美疲劳。雷峰塔如老衲，保俶塔如淑女，保俶山顶上有一块很大的平台，从这个地方眺望全景，秋冬早上可以看到西湖里的拉网捕鱼，两条船中间拖着网，船往前移，网像是追随奔跑在船后的浪。从初阳台再往前走，山坡上有一大片野柿子树，红红的柿子挂在树上，喜气洋洋地点着盏盏灯笼。上香古道茅家埠这里，晚上可以看到月光桥、上古桥，茅檐旁有一池荷花和秋叶，蛙呱呱响亮叫着。这里还有一座鸟岛，夏天的傍晚，白鹭翻飞，斑斑点点像是挂在树上的大棉花。南屏山上怪石嶙峋，几十年的古藤葛蔓，垂挂着累累的果荚，黄色的小野菊在秋天的坡上摇曳生姿，美极了。

时节有轮回，人生有四季。也许，我们也可以像谢教授一样，把脚步慢下来，挂在树上听听鸟叫，爬到山顶看看西湖，那样不同视角看到的秋天，会更清辉如水、淡定从容吧。

第二卷

Chapter 02

花令：杭州的春天是从梅家坞茶山那一望无垠的绿色开始的。

春来了，春来了，水是眼波横，山是眉峰聚。那层层的绿色像波浪，像情书，把一年最美的季节送来了。西湖的龙井绿了，桐庐的茶叶叫作雪水云绿，太姥山的茶中精品叫绿雪芽。为了这一杯绿，乾隆皇帝四次到西湖茶区观茶、品茗、赋诗，有一首《观采茶作歌》是这个皇帝老儿写的："火前嫩，火后老，惟有骑火品最好。西湖龙井旧擅名，适来试一观其道。村男接踵下层椒，倾筐雀舌还鹰爪。地炉文火续续添，乾釜柔风旋旋炒。慢炒细焙有次第，辛苦工夫殊不少。"

乡村咖啡馆的腔调

桂花青菜

牛会不会笑出来

茄子的名字

就不简爱

倔强的山药

龙井绿了

暖在心里的一抹光

面朝大海与春暖花开

笋干老鸭煲

腌货“有仇”

乡村咖啡馆的腔调

乡村的咖啡馆绝对是有腔调的，就像我北方有个朋友，总喜欢和我说：“侬晓得伐？”似乎杭州人都会讲上海话一样。

乡村的咖啡馆像一朵含苞待放的豌豆花，又像是青草地上的一朵菌菇，水灵灵的，站在路边打着伞。现在的乡村是女大十八变，只要两三年没见面，回去一看不得了，山更葱郁了，水更碧透了，鹅卵石的路径旁都围上了古旧的木栅栏，白墙青瓦的门帘上攀满了凌霄花，老旧的房子内部改成了五星级的民宿，牛栏猪栏变成了咖啡馆和酒吧。咖啡馆的设计都藏着精巧的匠心，浓郁的欧洲色彩融合日式雅致，布垫沙发，书法字画，根雕盆景，陶瓷手艺，书架上放着密密麻麻的书，还有一两只慵懒肥猫，窝在角落里打盹。

店主常常是文艺气息的女孩子，穿着汉服，或披肩长发，或挽个丸子头，巧笑倩兮，眉目盼兮，娉婷而美好，女人见了想起年轻的从前，男人见了想起曾经的初恋。这样的年纪，连呼出的气息都能画成一朵云。坐在这样的店里，喝什么咖啡，用哪里的豆子，手冲的技艺，这些都是次要的，摩卡也好，拿铁也罢，本来就是个形式和腔调。能对山空语，对水发呆，看猫狗打架，蝴蝶蹁跹，这似乎才是在这山间村野的要紧事。

我们每个人的心中都有两朵玫瑰，要了白玫瑰，时间久了，白的就成了桌上的米饭粒，而红的就成了心头的朱砂痣；要了红的，日子久了，红的就变成了墙上的蚊子血，而白的，却是床前明月光。

我是个咖啡成瘾者，说来已经有近30年了。富春江边当时很少有咖啡馆，我一边喝着大杯冲泡的雀巢咖啡，一边熬夜赶工。那个时候的诗和远方，就是能坐在西湖边的咖啡馆，静静地喝一杯现磨咖啡，看断桥不断，听西泠不冷，体会北山路上梧桐叶的爱与哀愁。

就像一张落叶挤进这座城市的宅门，在杭州生活了20多年后，那些微风习习的咖啡馆越来越少了，取而代之的是像奶茶店一样的商务咖啡。去咖啡馆不是为了情调，是直奔主题的工作和谈判，单位楼下就引进了星巴克，我们的饭卡就可以埋单。

咖啡已经不能让我打起精神，也不能让我无眠，即使每天一壶。让人无眠的是川流不息的人海茫茫和深不可测黑咖啡一样的中年焦虑。“世界上存在着不能流泪的悲哀，这种悲哀无法向任何人解释，即使解释人家也不会理解。它一成不变，如无风夜晚的雪花，静静沉积在心底。”

年少的时候，曾那么迫不及待地想逃离乡村。那个时候，觉得家乡很小，外面的世界很大，我们总是那么向往远方。而现在，如果可以，站在记忆的旅途，年华的来路与去路。那些层叠的山峦，清澈的溪流，总在夜深人静敲打着无眠的窗。

那年，我和我在港大读大一的女儿，久久地在日本京都乡村的咖啡馆逗留，这里的咖啡馆店面很小，一个拐角小屋，两三张小桌子，上年纪的店主温和地煮上一杯拿手咖啡，不露声色的眼神，保留着友好和不失分寸的交际边界。我女儿突然哽咽：“香港虽然是暖湿环境，但不知道为什么，人与人之间，有种看不见的淡漠和远离。大学宿舍窗户分成上下两层，上半层推出去，能看到天空，下半层推出去，看到的是密密麻麻的楼房。”

龙应台的儿子安德烈给他妈妈的信中，同样有这样的表达："你问我愿不愿意干脆在香港读完大学，我真的不知道，因为两个月下来，发现这里没有咖啡馆，只有蹩脚的连锁店。”安德烈要的咖啡馆是一个生活态度，一个生活情趣，比如在徒步区的街头咖啡馆和好朋友坐下来，喝一杯意大利咖啡，在一个暖暖的秋日午后，感觉风轻轻吹过房子与房子之间的窄巷。

城市的咖啡馆是孤独的，一个人缩在陌生的角落，用一种不打扰别人的方式，默默渗透进他们的秘密世界，比风还轻。乡村的咖啡馆，却更像一个不谙世事的小姑娘，林间有新绿，月光有衣裳，无论怎样都是雀跃好看的。这样的咖啡馆更像是一场稻田艺术节的演奏，一段穿着蓝色印花布衣的采茶舞，也许在她们的眼里，我们这些风尘仆仆的旅人，是她们的诗和远方。

7 月 29 日，是凡·高逝世的日子。生活所迫，27 岁的凡·高搬去乡下与父母同住，无业、穷困而压抑。这位在薄情的世界里，勇敢且深情地活着的大师，在乡村咖啡馆给弟弟写信："我这四天主要靠 23 杯咖啡来生活，这仍然要支付面包的费用。”

远方再艰难，有诗有咖啡，荆棘上最终也会开出白色的花，如果真的是那样的话，那些痛苦的挣扎，就如同分娩中的阵痛，最终会有欢乐的结果。

桂花青菜

收到一袋小禾奶奶托人带来的青菜，蓝布袋盛着，打开柔软的棉花纸，一大蓬鲜嫩欲滴的碧绿拥进怀来。按照杭州话说的，这刚从地里掐来的青菜，还带着魂灵儿。这是秋天的第一把桂花青菜，用桂花铺在青菜地上，一垄垄的黄色花瓣，映衬着一溜排的翠绿。用桂花养出来的青菜，拿来煲汤，自是花香扑鼻，可谓青菜界的爱马仕了。

一立秋，杭州到处是“桂子月中落，天香云外飘”。人行道旁，单位楼下，公园小区里，无处不桂花，真是万花丛中过，花香已沾身。

孙女出国读书后，禾爷爷和奶奶回到县城老家，住在了富春江畔大奇山脚一处排屋。屋子前面有一个宽敞院子，旁边还有一处菜地。三餐四时，养花种菜，喝茶弹琴，日子倒也过得怡然仙气。春天紫藤垂挂，蔷薇吐蕊，角堇和月季可劲儿绽放，铁线莲随风摇颤。夏季凌霄、玉兰和三角梅竞相斗艳，秋日银桂星星点点，茶梅初冒苞蕾。桂花树浓荫如盖，坐在树下喝茶，花朵簌簌跌落茶杯，桂花和龙井浑然一体。

禾奶奶和爷爷是真正的青梅竹马，她 11 岁就被选拔进了越剧团，一千余人挑选三四个孩子，五官身材长相，嗓音唱腔乐感，腿功腰力步态，选拔严苛。奶奶从小就是个美人坯子，眉如黛眼如星，俊俏瓜子脸，娉婷玉立，定的是花旦角色。爷爷的二胡年少就远近出名，进了越剧团，担任团里的琵琶、主胡演奏。

越剧团叫作杭越二团，产生过 5 位梅花奖得主。进去的时候大家都是孩子，一早起来要练功，吊嗓子，云步碎步，鹞子翻身，练指法站立，等等，台上一分钟，台下十年功。下乡演出，每人背着铺盖用具，翻山越岭走路。禾爷爷比小姑娘们年长几岁，背上肩上自然挂满了妹妹们的行李。奶奶虽然现在 70 多岁了，平时坐姿、走路，腰板笔直，小碎步一溜风，举止神态还有年轻时候的风韵。奶奶从来不提当年舞台事，有一次被大家逼着唱了一段《红楼梦》：“天上掉下个林妹妹，似一朵轻云刚出岫。”一开腔，把大家吓了一跳，字正腔圆，莺啼燕转。

有一种菜叫作奶奶烧的菜。小禾在英国吃着黑暗料理，最想念的是奶奶做的霉干菜焐肉、炖土鸡汤和包的小粽子。禾奶奶包的肉粽，不过一个手指长度，糯米拌了生抽，一条肥瘦得当的五花肉，从粽子头穿到脚，一口咬下去，韧劲 Q 弹，满嘴生津。新鲜箬叶外面裹着红白棉线，放在小脸盆里的粽子，一个个像初出的菱角玲珑可爱。

问禾爷爷为什么喜欢弹的琵琶曲子是《大浪淘沙》《阳春白雪》，爷爷向奶奶努努嘴，比喻自己就是下里巴人，大大咧咧常闹不少笑话。小禾幼时咳嗽喝药，半夜床头台灯昏黄，禾爷爷举着止咳糖浆很威武地说："这个药不苦的，爷爷示范给你看。"仰头往嘴巴里一倒，结果竟是紫药水。还有一次，爷爷一边作曲，一边用高压锅煮猪蹄，那个时候的高压锅没有现在进步，使用不当是要出问题的，只听得"嘭"的一声，锅盖飞了出来，那一个个红烧猪蹄像是倒挂竹笋一样，齐齐黏在厨房天花板上。

小区里有很多香泡树，学名香橼。到了秋天，一个个皮球大小的黄色果子，挂满了树丫，任由大家采拾。那天，越剧团的闺密们来院子喝茶，只说了一句这个香泡虽皮厚肉苦，但放在家里味道清香，能祛异味。一回头，便看见爷爷在爬树，说要给妹妹们摘两个，结果脚下一滑，摔了一跤。

禾奶奶说，你都快 80 岁了，还当是年轻小伙子吗？爷爷摸摸头，不好意思呵呵笑，便在桂花树下拉着他的二胡。一曲《空山鸟语》，忽而山泉淙淙百花盛开，忽而飞鸟啾啾越过山冈；一曲《梁山伯与祝英台》，十八里相送同窗共读整三载，促膝并肩两无猜。

在禾爷爷的心里眼里，奶奶的一颦一笑一投足，还是当年的旦角主演。这方花果葱郁、丹桂飘香的院子，是他们琴瑟清辉的舞台。季节有轮回，人生有春秋，一把桂花青菜，就让整个秋天丰盈甜蜜起来。

牛会不会笑出来

最早听到咖啡的笑话，是来自小区胭脂巷的阿明。阿明的姐姐是全国有名的舞蹈家，80 年代初就和团里一起常出国演出。一次从美国回来，给阿明带了两罐叫作雀巢的东西，一罐是褐色的咖啡粉，一罐是白色的伴侣。

阿明一看就来气，怎么这么小家子气，就这两罐东西，一下子不就吃完了。阿明当天就倒出近半罐咖啡粉，加糖加伴侣喝了下去。这一喝不要紧，整整三天三夜兴奋得上蹿下跳不睡觉，他妈妈吓坏了，带着他去了医院。

十几年前的杭州街头，到处是两岸、蓝山等咖啡店。圈内有种说法，看商业形态成熟不成熟，人流量多不多，就看旁边有没有两岸咖啡。中山路上或者某个巷子拐角处，也有小小的茶室或者咖啡店。我们经常浸淫在里面，谈着听着一些莫名其妙的话题。咖啡馆客人讨论的项目都惊天动地，动不动主板啊，

A 股啊，借壳啊，风投啊，每个人似乎都可以成为风口浪尖上那只会飞的猪。

我认识一个退休的老先生，每天都会到两岸咖啡馆坐一坐，听听音乐或发发呆，一杯咖啡，一沓报纸，就消磨一个下午。老先生说除了非洲没去过，其他地方他都去过。每去一处，最喜欢去的就是咖啡馆，一个月花在咖啡上的人民币，就有三四千元。

这几年，星巴克、瑞幸等咖啡店似乎一夜之间蔓延开来，两岸、蓝山，和那些极具个性的咖啡馆，慢慢消失了。报社楼下开起了星巴克，用食堂的饭卡就可以去消费。星巴克里没有私密的隔座，全部是一览无余的空间，一群群戴着耳机的年轻人。咖啡和奶茶一样，成了大家惯常打包的饮料。

我再也没有在星巴克看见那位老先生。

我想，喝咖啡应该是一件很私人的事情。否则大家总说喝一个，干一杯，要么喝的是茶，要么干的是酒。总不能说，我们一起来干杯咖啡。年纪越长，越不愿意往咖啡里加糖。有些苦涩只能独自品味，却无法流泪和诉说，一如这世界上存在着不能流泪的悲哀。

的确，人生像一条从宽阔的平原走进森林的路。在平原上同伴可以结伙而行，欢乐地前推后挤、相濡以沫。可一旦进入森林，草丛和荆棘挡路，情形就变了，各人专心走各人的路，寻找各人的方向。

那些具有特色的咖啡店消失前，我经常会觅一处西湖边的小店，看残荷、暮云、水鸟和星星点点。现在我只能自己磨好咖啡，装在保温杯，带着去湖边发呆和怀旧。坐了不到一个小时，保安就过来劝说了:“人最宝贵的是生命，要为家人想想。”

我的老家在富春江畔，这几年成了全国最美县城、社会主义新农村典范。每到周末，江浙沪的客人们纷至沓来，看万亩花海，吃江南时鲜，喝牛栏咖啡。在连片的花海和明清古建筑旁边，原来有几处拴牛的牛栏，经过改造之后，成了时尚特色的咖啡馆。黑瓦的房顶垂挂着明艳的鲜花绿草，溪沟里捡来的鹅卵石砌墙复古怀旧，宽大的手工原木桌子，时尚的装饰和各式手磨、蒸汽咖啡机，让人怎么都不能和之前的牛栏挂上钩。

我对阿明说，你去不去喝牛栏咖啡。阿明大吃一惊，只听说过城里人的猫屎咖啡，没有听说过乡下的牛栏咖啡。

现在的人就是闲得慌，乡下人刚能吃上大鱼大肉，城里人说要减肥吃素;乡下人刚买了四个轮子的车，城里人说要骑自行车跑马拉松;乡下人要到城里逛公园看郁金香，城里人说要到乡下看油菜花打稻谷;乡下人说要到城里喝个星巴克，城里人说要到乡下喝个牛栏咖啡。

英国诗人约翰·伯格曾这样描述剑桥:“书院大道旁的丁香花的香味，和牛棚里牛身上的味道差不多，有一股祥和懒散的气息。”

这都什么事，那些牛如果知道它们以前的家，现在变成了大家趋之若鹜跑过去喝咖啡的地方，会不会也呵呵笑出来?

茄子的名字

和别的菜蔬相比，茄子显得有点特立独行。首先，它有好几个名字，江浙沪一带都叫落苏，上海大都市这么叫，我偏僻的老家也这么叫。像古人一样有名有字有号的，讲究。

落苏，这个名字听起来，就像个小公主。

乡下人家都有一个菜园子，外面围着竹子或者木片的栅栏，里面就是个独立的国度。每一样蔬菜都有自己的种植领地，黄瓜、丝瓜需要竹扦牵引，南瓜冬瓜藤蔓攀缘，基本种在菜园的边沿，韭菜青葱只要有方寸之地就可以疯长。向日葵骄傲地戴着金黄色的皇冠，像一溜士兵一样排在行道旁。茄子，不，我们喊它“落苏”更合适，它的领地比较中心，是菜园子的CBD。清明过后种下秧苗，不久就会开出黄蕊紫边的花苞，五瓣相连，五个棱角犹如绣上了丝绒。端午过后，一群穿着紫色或白色裙子的姑娘就娉娉婷婷站在那里，眉目盼兮，巧笑倩兮，温婉而娴静。

刚从菜园里摘下来的茄子，灵魂还在茄身上，怎么吃都很美妙。可以蒸着吃，米饭快熟时，揭开锅盖，扔上几根茄子，饭焖熟了，茄子也软绵了。撕开捣碎，放上猪油或香油，酱油、醋、蒜泥，剪根辣椒，撒点葱花，一两分钟一道可口凉菜就齐活了。

还有炒茄子，几乎是每户人家的饭桌日常。邻居间送茄子不是几根送的，往往是一竹篮。蒜泥焖茄、番茄炒茄，豆角、土豆和茄子一起做成“地三鲜”。但最好吃的，往往是回忆。作家池莉描写的一道炒茄子，叫作“绝代佳人”。辣椒切成丝，茄子被削得又薄又细，一片片从刀口飞出，就像一阵阵秋风摇落垂柳的叶。锅烧热冒起了青烟，先把辣椒倒进去煸一煸，辣椒一出香味，就被盛了出来。接着茄子下锅，飞快地炒动，水汽一收，辣椒才下了锅。这时才往锅里倒油，油下去，菜软了，滑滑溜溜的熟菜上生发出闪闪夺目的光泽。盐是最后放的，炒两把，锅铲有了稍微的涩意后，围着菜洒一点水，盖上锅盖。转身拿碗，就可以盛出来了。

这是秋天的茄子，也是最后一茬秋茄子。用木柴烧的火，锅盖是杉木做的，不上油漆，再加上极度的饥饿，池莉介绍的这碗炒茄子，成了她们一生中举世无双的美味，也是我几十年来脑海里对儿时菜园、土灶的深刻回味。

《本草纲目》里茄子的释名除了“落苏”之外，还叫作昆仑瓜、草瘪甲，隋炀帝给茄子取了个很磅礴的名字，叫作昆仑紫瓜。“茄有圆如瓜蒌的，四五寸长，有青茄、紫茄、白茄。”这样的圆茄肥嫩如玉，拿来做烤茄子，是最合适不过了。

但凡有夜宵烤档的地方，有烤肉串、烤黄鱼、烤鸡翅的排档上，就会有烤茄子。这时候的茄子被切成两半，敞胸露怀，撒上香油蒜泥，茄子就和这些鱼啊肉啊一起，在炭火的烧烤中发出滋滋的声响，在啤酒的迷蒙中穿越黑夜的漫长。

那天，我们一边就着烤茄喝冰啤，一边听流浪歌手唱《可可托海的牧羊人》:“那夜的雨也没能留住你，山谷的风它陪着我哭泣，你的驼铃声仿佛还在我耳边响起，告诉我你曾来过这里——”有个同学，当着大家的面，没能忍住流下了泪。

凡是到达不了的都是远方，凡是回不去的都是故乡。年少的时候，我们曾那么迫不及待地向往远方。而现在，如果可以，站在记忆的旅途，年华的来路与去路，多想寻找来时的线索和儿时的村庄。金黄色的落叶堆满心间，我们已经再不是青春少年。北岛说:“那时我们有梦，如今深夜饮酒，杯子碰到一起，都是梦破碎的声音。”

池莉吃的炒茄子叫作“绝代佳人”，我们吃的这个烤茄子，它的名字叫作“飘”。

就不简爱

往年的初春，梅姐都会去趟乡下，给我捎来一袋春天的时鲜。小笋啦、荠菜啦、马兰头啦，碧绿绿得瞅着让人欢喜，和看上去身心疲惫的梅姐形成强烈反差。她去乡下的目的不是摘野菜，是到山上给阿强喊魂。按照梅姐的说法，有的人活着，他已经死了。没有灵魂的人，即便活着也是行尸走肉，是具空壳。这样的灵魂飘荡在外乡日后会无处归宿，找不到回家的路，只能变成天上的流星。

阿强是梅姐老公，两人是一个村里出来的青梅竹马。早年为了让阿强安心做生意，梅姐放弃了包括工作在内的许多优渥，专心在家带孩子伺候老人。随着家里钞票数字噌噌往上涨，阿强在外面的桃花也是朵朵盛开，四季不断。弄得梅姐一次次像赤膊上阵的许褚，跳出战壕傻不隆咚立在阵地上去相搏相杀。

我劝梅姐算了吧，原本一个优雅的女人，现在像只哮天犬一样狂吠，要和自己过意不去干吗呢？想当年，梅姐你也是文学爱好者，你给我们讲《简·爱》《呼啸山庄》《乱世佳人》，多美啊。简爱简爱，不就是简简单单地爱吗？

梅姐说，就是因为小姑娘那会儿读多了《简·爱》，让我的爱情观念一直自卑怯懦和甘于牺牲。那个时候，我写给阿强的情书都是简·爱对罗切斯特的表白："你以为因为我穷，低贱，不美，矮小，我就没有灵魂没有心吗？你想错了。我的灵魂跟你一样，我的心也跟你的完全一样！我们的精神是平等的，就如同你跟我经过坟墓，将同样地站在上帝面前！"男人真的是不可理喻，你说徐志摩吧，诗人也许确实不爱那个父母选定的女人张幼仪，第一夜并没有进洞房，可是后来还是有了儿子阿欢。就在诗人在英国狂热追求大才女林徽因的时候，也没有耽搁和合法妻子的鱼水之欢。他难道忘记了自己的结论"爱的出发点不一定是身体，但爱到了身体就到了顶点；厌恶的出发点，也不一定是身体，但厌恶到了身体，也就到了顶点"。如果不爱，就坚持不爱，何必招惹人家。冰火两重天，也许这个方面，只有男人才能理解男人？你说，一个男人，到底要几个女人才能收手，才能知足？

移情也罢，别恋也罢，说到底不过是茶余饭后的谈资。身体开放的尺度，无非取决于灵魂的高度。要把身体和精神两者完全分割开来，恐怕也只有高人才能做到。

哲学大师萨特，就是这方面的高人。萨特把自己与波伏娃的爱情称为"必然的爱情"，而与别的女人发生的情感称为"偶然的爱情"。萨特的多情让波伏娃非常痛苦，但她内心挺拔而坚强的意志，让她如磐石般坚不可摧。从一开始她便明白自己不是萨特的唯一，波伏娃所能做的，要么离开这个泛情的男人，让伤痛在心里藤蔓般生长，要么就成为萨特内心那个不可替代的人。

前几天，梅姐微信上和我说，今年不给我送春菜了，阿强回来了，生了场大病，生意也按下了停止键，她在医院里照顾阿强。我看见梅姐的微信上写着：秋天的爱情坦荡平和，像母亲迎接一个顽劣孩子的回归，像收割过后田野对稻麦的拥抱。年轻时候听《斯卡布罗集市》，时光悠长，未来的道路和山外的世界多让人向往。这个年纪和爱人再听，似乎抚摸到了大地的结实和沧桑。“您要去斯卡布罗集市吗？香芹，鼠尾草，迷迭香和百里香，代我向那儿的一位姑娘问好，她曾经是我的爱人，叫她替我做件麻布衣衫，上面不用缝口，也不用针线，她就会是我真正的爱人……”

波伏娃曾在萨特的墓志铭上写道：“他的死使我们分开了，而我的死将使我们团聚。”经过那么多年的隐忍，面对时间和历史，他们最终是平等的。如今，萨特和波伏娃一起躺在巴黎蒙帕拉斯公墓的同一个墓穴里，没有什么能把他们再分开了。

尘埃落定，长梦当久。

倔强的山药

在黄河边的陕州，第一次看到地坑院，很容易让人想起铁棍山药的生长。

陕州在河南三门峡，险峻而奇特。从洛阳伸出的丝绸古道，至今还留有车辙的尘啸。深受仰韶文化浸润的陕州人，逐渐在塬上将穴居的方式衍化成了地坑院。地坑窑院又称“地窨院”，是黄土高原地带形成的最古老独特的民居样式之一，是古代人类穴居方式的遗留，被称为中国北方的“地下四合院”。这地坑院在黄土堆积的脚下，一般要挖 50 米到 150 米，“地下挖坑，四壁凿洞”，地坑四周的井壁墙上，凿着一孔一孔的窑洞。每一孔窑洞都有拱形的门，门上贴着门神，窗户上贴着窗花。在这里，一座地坑院就是一户人家，他们按照 24 节气日出耕日暮息，在这里婚丧嫁娶、生儿育女。

黄河边的旱塬土地上，生长着黄荆、枸杞、酸枣、旱榆，

一林一林的柿树，还有倔强生长的山药。山药又叫土薯、山薯、山芋、薯芋，在地下是垂直生长的，长度可达 1 米。山药四月蔓延生苗，紫色的茎，绿色的叶，叶有三尖，像白牵牛叶一样光润，在五六月开花成穗，淡红色的花羞涩而腼腆随风摇曳。像黄河边上从地坑院里走出的女子，穿着红衣服，拿着扫帚在打扫塬边，炊烟袅袅唤醒了旱塬的早晨，唤醒了旱塬的汉子。汉子们吃了早饭，扛着农具下地，在这块土地上，像山药一样把根扎下去，把希望播种和深耕于大地。

一粒种子怎样发芽，一片叶子怎么伸长，这载满荆棘的岁月，所有的悲欢，都隔着时空的苍茫，山药埋首在地下繁衍，听胡马嘶鸣，看中原尘土。岁月更迭，记载了东汉的风、晚唐的月，记载了黄河边上的时光年轮。

山药一般都在霜降过后才开始采收。采挖山药也是不容易的累活。要找到山药的植物根部，在种植行朝外面一点点开挖。铁棍山药每一根都隐藏在地下一米深处，挖起来很费气力。但是这个时候的山药，恰逢小雪、大雪过后的时节，淀粉累积和糖化也是最好的，糯软甘甜，像黄土地上酱赤油浓，俨稠得化不开的情爱。

冬吃山药，胜过补药。《本草纲目》写着："味甘，性温，平，无毒。"山药最大的优点是很平和，不用担心吃错了、吃多了，像憨憨的中原老铁汉子们。山药补肺补脾，除寒热邪气，益气力，长肌肉，滋补肾阴。奥地利社会哲学家斯坦纳说："山药是光一样的食物，是让能量上升的食物。"

山药做法多样，清蒸、凉拌、小炒、炖汤、熬粥，都可以。李渔在《闲情偶寄》里面提及，山药可以单吃，配上别的东西也行，即便油盐酱醋都不用，本身的味道也很美，它是蔬菜中的全材。《晋书·山涛传》说山涛"与嵇康、吕安善，后遇阮籍，便为竹林之游"。应韩氏要求，山涛经常邀请七贤们来家中做客并留宿，用山药招待大家，也许炖羊肉，也许和饸饹，把酒言欢，达旦忘返。

"想哥哥想得迷了窍，抱柴火跌进了山药窖。""山里没有好茶饭，只有馐面山药蛋。男婚女配成双对，相亲相爱情谊深。"北方过年迎春席宴中，有一道菜叫作"拔丝山药"。为素馔名品，颜色柿黄，能拔出长丝一丈，而且是压桌的甜菜。拔丝山药为什么会成为压轴呢，想必这长长的拔丝，拔的是秋收冬藏、万物生长的美好，拔的是来年生活的念想和希望，是土地对儿女们的深情召唤。

龙井绿了

杭州的春天是从梅家坞茶山那一望无垠的绿色开始的，春来了，春来了，水是眼波横，山是眉峰聚。那层层的绿色像波浪，像情书，把一年最美的季节送来了。

温度升高了，太阳出来了，茶芽像小雏破壳一般往上钻，家家户户的茶农们忙开了。门前晒出了各式各样的采茶制茶工具，冰箱里囤好了给采茶工准备的酱鸭腌肉，被誉为“中国绿茶皇后”的西湖龙井就要开采了。

为了这一杯绿，乾隆皇帝四次到西湖茶区观茶、品茗、赋诗，有一首《观采茶作歌》是这个皇帝老儿写的：“火前嫩，火后老，惟有骑火品最好。西湖龙井旧擅名，适来试一观其道。村男接踵下层椒，倾筐雀舌还鹰爪。地炉文火续续添，乾釜柔风旋旋炒。慢炒细焙有次第，辛苦工夫殊不少。”

西湖龙井还没有开采，市场上就有各式龙井开卖了，有浙江龙井、杭州龙井、御牌龙井，等等。早年不明就里的北方人来杭州，一看“龙井”二字，以为就是西湖龙井。实际上，西湖龙井的产区就是狮、龙、云、虎、梅等为代表的几个区域。老杭州人都知道，老西湖龙井原来的包装就是最传统、简易的茶包纸，棕色的茶包纸古拙守旧，不露声色，外面系根麻绳或红绸带，包装纸也就一两元钱，毫不起眼，和那些价格动辄上千、包装高端讲究的外地龙井相比，西湖龙井的外包实在显得朴素寒碜。

最近在闲鱼上看到 Chanel、Gucci、LV 等包包的购物袋，竟然卖到了一两百元，像一款古驰牛年限定哆啦 A 梦合作款手提购物纸袋，商家标明是牛年新年限定，不议价不包邮，点开一条卖家的数据，竟然有上千人的浏览记录。

花几百块买个纸袋子回去能干吗？单位小姑娘说，能干吗，出门逛街凹造型啊，摆拍啊，不济拎到公司里虚晃几下，见客户谈合作，花个几百元以假乱真，过把奢侈品的瘾呗。

年轻的时候，我也喜欢买各种衣服和包包，研究每一期时装杂志。直到有一天，看到满屋子堆着的衣物，悲凉陡生，就弄了车把这些东西运到乡下。还没等我细说这些衣物的归置，母亲就打来了喜大普奔的电话：“村里来了个做毛毯的，手艺不错，我把你的那些羊绒衫全打碎做了条羊绒毯，还给来福（我家养的狗）也做了条，挺暖和的。”

我老家所在地，是全国有名的快递之村，偏僻而宁静。小小的几百户人家，有两家上市公司。早先看大家做快递有没有赚到钱，就看这户人家过年放多少鞭炮。鞭炮不是一摞一摞放的，是论亩。一亩地还是三亩地、五亩地。每到春节，公路两旁一溜停着都是宝马、奔驰、保时捷等。开个豪车回来过年不稀奇，还有开着私人飞机回来的。飞机停在田里，给孩子们摸摸瞅瞅看个稀奇。阿根他妈牙齿掉了，老太太去县城换个牙，弄了6万元，一路骂着儿子回来："不过是个烤瓷牙，又不是金牙，糟蹋钱呢，现在的医院里怎么就没有金牙呢？"貂皮大衣、名牌名包更是老板们的标配，腰里还扎个logo很大的皮带，黄灿灿的，颇有一副"天王盖地虎，宝塔镇河妖"的架势。

这两年快递老板们春节回来，行头包装慢慢变了。鞭炮不放了，飞机不飞了，豪车也少了。有钱没钱，回家过年。赚到钱的，赚不到钱的，上亿资产的老板也罢，理发店的剪刀手"杰克"也罢，外资企业上班的"珍妮"也罢，大家都穿个运动服休闲装，拖个老人棉拖鞋，走村串户唠唠嗑，打打球。今年疫情，很多快递员不回来过年了，乡里村里，忙着给不回来过年的人寄快递。油沸豆腐、番薯圆子、霉干菜炖肉、粽子年糕，等等，一样样用真空包装袋打包装好，统一寄出去。文化站的人带着学生们，给每一个快递箱子里放了手绘贺卡，上面写着这样的句子："妈妈说，你一个人的时候也要照顾好自己。""不在乎你走得多远，飞得多高，更在乎你的胃。""每一个有爱的夜晚，夜都不会漫长。""对你的注视从来没有改变，村里的樱花小道，依然很美。"

最好的包装，原来是我们直击人心的温暖。就像过年回家，大家围着火炉烤着年糕和玉米饼，生活和人生如此不设防地展现最初的模样，在炭火上吱吱作响。

暖在心里的一抹光

22 岁那年，刚从学校毕业的我，原本是分配到县里的粮食系统做财务，算盘打打，办公室坐坐。一次偶然，领导觉得我太学生气，说毕业生要先到基层锻炼锻炼。

这样我就来到了全县最大的国营面粉厂打包车间，三班倒，24 小时开机，8 个小时换班。没有正式工，都是从四川、贵州等地来的临时工。具体来说，麦子经过初筛、细筛、脱壳、脱麸，再经过磨研等各道加工程序，到我这里是成品装袋。白花花的面粉轰隆隆从管道呼啸而来，颇有银河落九天的壮观。我仰头叉腿站在机器旁，提个大布袋套住管道口，面粉“扑通”一下落入其中。赶紧提溜着把面粉放到磅秤上称重，再到缝纫机上踩线封口，最后甩到去往储存仓库的传送带上。所有步骤要在一分钟内完成，因为第二袋接踵而至。面粉 50 斤一包，一个小时打 60 个包，我每小时接、拎、缝、甩 3000 斤麦粉，8 个小时换一班，一天要打包 24000 斤面粉。

刚开始，不断下泻的麦粉在地上堆成小山，几次埋到了大腿边。整个车间白茫茫的像林海雪原。看着管道里源源不断吐出来的面粉，我手忙脚乱绝望得泪流满面。幸亏其他车间的年轻人给予我春天般的温暖，七手八脚帮我处理好地震一样的现场。几周后，我的打包技术很娴熟了，知道运用杠杠原理、统筹方法等，速度和质量竟然超过了那些临时工。

一个月朗星稀的夜晚，小伙伴们偷偷把车间里的精白粉、富强粉撬了几大畚箕出来包饺子，集体宿舍的门板也拆卸下来了。煤油炉上炖的钢精锅咕隆咕隆烧着开水。馅有大白菜、芹菜、韭菜拌猪肉，两大门板上铺着一溜溜白白的饺子，像是一只只胖乎乎的小老鼠。饺子过酒，越喝越有，十几个人拿着盛饺子的搪瓷碗跑到后山上，敲碗打碟弹吉他，鬼哭狼嚎地唱《莫斯科郊外的夜晚》。

第二天，厂长把我们叫过去，说哪几个神经病半夜三更在后山上鬼叫？他虎着脸狠狠训斥了我们一番，倒也没有为难我们，也没有让我们写检讨书。估计，他年轻时候也曾到山上唱《喀秋莎》。

打包的日子干了一年多，我两只手像板刷一样可以洗鞋子了，身板啊、腰啊、胳膊啊，练得像武当山下来的。三班倒的日子，并没有让我不开心。冬天下雪的时候，从车间里望出去，外面白雪飘飘，里面白粉哗哗，倒也应景。我在车间里大声唱："天地一笼统，井上黑窟窿。黄狗身上白，白狗身上肿。"无数个漫漫冬夜，一个全身都是面粉的女孩子，躺在麦子堆里看书、睡觉，遥望未来。

没多久，县里的党报第一次公开招考五名记者，过五关斩六将，我以第一名的成绩考了进去。做了记者后，领会到毕业生去基层锻炼的好处了，熬得了夜，跑得了路，上得了山赶野猪、下得了河捉鱼鳖。报社每周三晚上开谈版例会，有一天老总给我打电话，说怎么还不来呢。我说今天我来不了，得请假，正在医院里死去活来生孩子哪。老总一听马上说："好的，好的，那你好好生吧，今天你就不要来开会了。"

毕业时，老师说："你们学的是粮食经济，农村天地大有作为。"多少年之后，还记得离开面粉厂那天的场景，我拉着行李箱和它告别，在门口回头深深鞠了一躬。这段毕业后的车间经历，简单、淳朴和善良的人际，弥足珍贵。它始终是暖和在我心里的一点光，在我磕磕绊绊的路途上，温情脉脉。

面朝大海与春暖花开

小姨李春花和姨夫王建国两人的不合，在整个家族里不是秘密。也许八字犯冲，两人什么都抬杠。一个往东，一个往西，连美国选举总统也会吵得掀翻天。李春花支持脖子红懂王，王建国支持蓝色拜登。磕磕碰碰生活了 30 多年，到民政局门口也闹过几次把戏，最后还是拧拧巴巴凑合到现在。好在前一阵子，拆迁新房到手了，原来 60 多个平方米的老破小，换成了 100 多平方米的大房子，三室两厅。两个大人，加上一个读大学的儿子，每人一间，三国鼎立，暂告太平。

房子分下来之后，王建国立马去物业领了钥匙准备装修，为此还专门召开了一次高级别的家庭大会。参会人员有仨，李春花主持，王建国记录会议纪要，儿子在外地读大学，采用云视频形式参会。大家各抒己见，体现了广泛民主、和谐统一的大会思想。

王建国是高中历史老师，装修风格延续一以贯之的儒雅，体现地中海的蓝色基调气质。床小一点没有关系，关键要做一个整面墙的书架，还有一张大大的书桌和会转圈的皮椅子。阳台的布置也在脑中无数遍盘旋，绿植、花卉、盆景是少不了的，旁边挂上一个鸟笼，养两只画眉。这样在风和日丽的下午，王建国煮个咖啡，穿个沙滩裤，戴上墨镜，在阳台上来个葛优躺。放个古典音乐，听听鸟儿鸣啾，看看蓝天白云，一种强烈的面朝大海感油然而生，人生就此美好了。按照王建国的说法，和李春花掐了半辈子，俗了半辈子，都没有安静舒坦地听一首舒伯特小夜曲。

和王建国浪漫的蓝色咏叹调相比，纺织工人身份退休的李春花装修需求就被嘲笑成浓浓的土味情话了。李春花希望床要大、要舒服，可以打滚，再也不用和王建国在床上画三八线。房间要铺地暖，最重要的是，她的屋里要有一整面的镜子。

要镜子干吗？李春花退休后迷上了跳舞，每天早晚雷打不动三四个小时。广场上、小区地下车库里，在各个能挪出空间的地方，到处留下了她们铿锵有力的摇摆。最近一直在勤学苦练的“桥边姑娘”，李春花被教练表扬了，说她的动作里有一种邻家女孩的腼腆羞涩，有希望社区比赛时可以站在队伍一排C位。所以，房间里要有一整面大镜子，要有地暖，可以赤脚跳“桥边姑娘”：“暖阳下，我迎芬芳，是谁家的姑娘，我走在了那座小桥上，你抚琴奏忧伤。”

视频里的儿子对两人的面朝大海和春暖花开一点兴趣都没有，他的想法很简单，电脑配置要高，网速要加强，这样回来打游戏速度才够快。

装修这件事，就在民主家庭会议后不久开工了。设计师出了三维立体装修图，水电工、泥工进场，补水泥，贴瓷砖；木工进场，做吊顶、家具、护墙板；油漆工进场，做底漆、批粉、墙漆，等等。

在经历数十次和装修师傅、材料商外围展开的，以及王建国和李春花内部展开的“敌进我退，敌退我追”游击战后，在五月份一个春光明媚的下午，王建国和李春花终于站在了基本完工的新居里。焕然一新的房子，每个灯具，每块地砖，每寸地板，都熠熠散发着黄金一般的光泽。王建国和李春花就像国王和王后一样，骄傲地巡视检阅着他们的宫殿。微风细拂过两人的身体和内心，送来了面朝大海、春暖花开的美好和曼妙。

王建国突发奇想，每个房间是不是要标号？这样快递来了不会弄错。李春花觉得这个主意不错，建议采用总房号加分号。他们的房子是701，那王建国就是7011，李春花就是7012，儿子房间就是7013。

王建国的脸色越来越凝重：“你说什么，7011？”

李春花洋洋得意：“可不是，五星宾馆都是这么标的。”

王建国的手开始发颤，汗水从额上一层层浸润出来，他虚弱地指着门口，对李春花说：“快，快，你去看下我们的房号，这里好像是702，我是不是把钥匙拿错了——”

笋干老鸭煲

20 多年前，刚来杭州落脚，是在城郊接合部骆家庄租的农民房。那个时候的骆家庄，地理位置算是偏僻的，我每次到体育场路的报社上班，要坐一个多小时的公交车。不像现在，骆家庄的房价已经是从当初的爱理不理，到现在的高攀不起了。

忽一日，早来半年杭州的陆春祥老师打来电话，说请我们吃个好物，地点是在一个叫作张生记的饭馆，乍一听，以为是张生和崔莺莺的西厢记。

那是我第一次吃到张生记的笋干老鸭煲，服务员小心翼翼端上一个大大的白色胖墩砂锅，揭开盖子后，一股诱人的浓香扑鼻而来。锅子里，一只鸭子完整躺在其中，白色的汤汁还汩汩冒着气泡，鸭身上覆盖着一片片蜜色的火腿，红色枸杞漂浮在汤色里，如含苞待放的玫瑰。这场景像是贵妃在洗牛奶浴，施施然露着美人腿，我等看着不敢下筷妄动。服务员先给每人盛了一碗鸭汤，再撩了两根笋干，入口一喝，妈呀，舌头即刻就做了汤的俘虏，鲜而不咸，醇而不腻，完全是坠入春风沉醉的夜晚。那锅笋干老鸭煲，自此就像一棵树一样，20 多年来，在我的口舌记忆里扎下了根。

张生记的老鸭煲，是开到上海的，魔都人的口味那么刁钻，这只煲还是很走俏，想必是有原因的。一只好吃的笋干老鸭煲，用的是金华火腿片，临安野笋干，乡下溪沟里放逐的老鸭，用白瓷砂锅装了，在温火上“笃笃笃”炖上五六个小时，鲜味美味相互搅拌和渗透，想不鲜美都难。杭州有句老话:头伏火腿二伏鸡，三伏吃只金银蹄。每年头伏时，杭州大伯大妈都会来买风火腿，烧猪脚，烧冬瓜，最主要的是烧老鸭煲。北京人说头伏饺子二伏面，三伏烙饼摊鸡蛋。年轻人听了随口附和:我们是头伏外卖，二伏外卖，三伏还是外卖。

上小学时，我家也养了 10 多只鸭，这个活归我管。村里的小溪，回忆起来总是特别宽广辽阔，溪流拐弯处的河滩，是一大片的芦苇，在孩子的眼里一望无际。我们除了在芦苇里玩打仗、抓特务、捉迷藏之外，最大的乐趣就是找鸭蛋。走着探着，不经意间，在那些温软湿润的细沙上，就会躺着一枚、两枚青绿的鸭蛋，像是美玉一般让人心花怒放。运气好的时候，可能会捡到一窝，那就是中了大彩。有时候在窝丛里看到一个鸭蛋，也不急着动手捡，悄悄在周围做了记号，待那鸭子再来此处生蛋，最好生了一窝，或者，干脆等那鸭子孵出一窝小鸭子来。

到了傍晚，小伙伴们就赶着鸭子回家了，几个孩子和一大群鸭子，摇摇摆摆走在傍晚的乡间土路上，鸭子在前，孩童们卷起裤脚在后，日落西山下的队伍甚是壮观。说来奇怪，每户人家的鸭子，都认得自己的家。走在鸭群最前面的往往是公鸭，是鸭群老大，就是班长的意思，每户人家也有头鸭，就是小组长了。走至三岔路口，小组长们会带着自家的鸭子，各回各家，各找各妈。也有只把贪玩的鸭子，挤在别人的队伍里，或者跟着母鸭去做上门女婿了，进了别人家的鸭笼。晚上主人也会寻觅而来，一把拎着鸭脖提溜回家。陌生的鸭子进入鸭群，其他鸭子会欺负它，揪尾巴啄羽毛的，弄得整个鸭群一晚骚动不安，嘎嘎叫唤。

江浙这里炖笋干用的老鸭，往往都是选用绍兴鸭，又称绍兴麻鸭、浙江麻鸭、山种鸭，而在绍兴民间也称其为秋古鸭，因原产地位于浙江旧绍兴府所辖的绍兴、萧山、诸暨等县而得名。绍兴鸭味美，肉质鲜嫩多汁，一直是煲老鸭汤的好原材。浙江省农科院有一个鸭司令，叫卢立志。喊他鸭司令名副其实，为什么呢，一般的鸭子一年生蛋 280 枚，到不了 300 个。他研究的鸭子，一年能产蛋 330 枚。有人开玩笑说，卢博士啊，你这样让鸭子一直产蛋，把鸭子的姨妈期都要剥夺了呀。做研究的时候，卢博士白天晚上都和鸭子们待在一起，须臾不离，比自己的夫人还亲，来开个会，身上都还沾着鸭毛。不少国外的学者，都慕名到省农科院来向鸭司令学习养鸭。

卢博士养出的绍兴麻鸭，不仅是光荣妈妈，产蛋能力强，而且因为体形大，捕食能力强，还是消灭蝗虫的主力军。卢博士回忆 :“麻鸭最辉煌的战绩是在 2000 年，当时新疆出现大批蝗虫，新疆很少养鸭，所以当时‘鸭兵’全部来自浙江空运。

分批运送 10 多次，总计 10 万多只。”浩浩荡荡来到新疆的“麻鸭军”们，果不负众望，在大草原上朝蝗虫们劈头盖脸飞扑而去，将蝗虫们一一做了肚中美餐。当年 8 月底，蝗虫就被彻底歼灭了。更有意思的是，当时新疆治蝗灭鼠指挥办公室还专门给鸭子们发放了“表彰书”。

前几年我偏头痛发作，那真的是头痛欲裂万念俱灰，两侧头皮一碰就痛，脸部连着后脑勺的神经抽搐，脑袋里像有一把锯一样在拉扯，似是唐僧念紧箍咒，把我痛得在地板上打滚。去医院配了药，吃了止痛片，却见效甚微。后来有人给我支招了一个偏方，说用老鸭煲炖天麻。第二天，托人从乡下弄来一只三四年的溪沟老鸭，用笋干、野生天麻炖了，温火煲了几个小时，趁热喝下两大碗老鸭汤，吃了天麻。说来奇怪，第二天头痛症状明显缓解了。

北方有鸭子，但鲜有南方的野笋干。老鸭煲炖笋干，似乎是绝配。一场饕餮盛宴就像一部电影，不能只有主角，没有配角。四五月份是拔野笋的重要季节，什么笔头笋，笋的形状像一支毛笔；红壳笋，笋的外面穿着一层层红衣霓裳；斑点笋，笋的表面长着黑色圆点的花纹，像潇洒的斑马。野笋和那些野茶一样，都长在山坳里高山上，需要攀爬很多山路。拔笋非但辛苦，还很危险，春季正是虫豸毒蛇开始出没的时候，有种蛇全身都是绿色，叫作竹叶青，细细的，很喜欢盘踞在竹子边，也会站立在那里一动不动，眼花的以为是一枝笋，一不小心中了招，那真是会要了命。

野笋拔回来后，要连夜剥笋、煮笋，因为笋每时每刻都在生长。先用刀斜削去笋头尖部，或者用手抓住笋头来回揉软，将笋壳像剥香蕉一样左右分开，再将剥开的笋壳用手指绕几圈，用力一扯，绿玉般的笋身显露出来了。剥笋也非易事，时间一长，会造成手指损伤，红肿疼痛得受不了。剥完的笋马上就要煮，烧上大锅水，水里加上适量盐，煮开十几二十分钟，再把笋捞出用冷水过沥，尔后摊到竹篾做的团箕里，用炭火烘干，就成为炖老鸭煲的咸笋干了。

很多美好的食物慢慢都会老去，有的只能存在记忆中。我一同学老家靠近临安，他母亲自家做的笋干，味道最为鲜嫩肥美。这两年再和同学约笋，同学说只能送两包尝尝味道，他母亲年龄大了，爬不动山采不动笋了。卖清明粿的那段时间，店家门口挂了牌子“正宗艾叶清明粿”，以区别那些用菜叶汁做的，儿时在乡下路边到处生长的艾草，现在也有了正宗、不正宗的标签。早几年母亲腌制的辣椒，现在也是吃不到了，一则母亲年纪大了吃不消地里劳作和腌制，二则辣椒的品种退化得厉害。临安有个太阳镇，生产一种辣椒叫作七姐妹，很是出名。这个辣椒品种口感鲜辣，玲珑精致，七个红色或黄色的辣椒，仰天生长，非常美艳热烈，像是一团燃烧的美丽火焰。不过现在这样品种的辣椒，已经很少看到了，往往成了四姐妹和五姐妹，鲜有七仙女再聚首。

前阵子回了一趟老家，母亲和父亲搬到城里去了，家里门锁着，门口有一大片白色碎花，开在秆上，很是旺盛，煞是好看，蜜蜂嗡嗡嗡在花间飞舞。一开始我以为是油菜花，近处一看，原来是萝卜没有及时拔，全部开了花，因为无人打理，终究长得和野地里的花一样了。

我的一个好朋友，每次看到张生记的笋干老鸭煲，就会想起父亲。他的父亲是个农民，却喜欢穿着白衣服、白裤子，挺括精神，每次来杭州，坐坐公交，逛逛马路，看看西湖。最喜欢吃的就是张生记的老鸭煲，朋友周末回家看他，经常到张生记打包了老鸭煲，急巴巴送到乡下。

又到了拔笋做笋干的季节，每每看到那锅笋干老鸭煲，我那个朋友就不由自主想起他的父亲。他父亲后来生病，拖了几年，80 岁的时候人走了。而我看见笋干老鸭煲，也不由想起刚到杭州那会儿，初次见到揭开砂锅的老鸭煲，像是新娘揭开了盖头，那般香郁浓烈和惊艳。那会儿，我们都还年轻，眼睛里都还放着热烈的光彩。

腌货“有仇”

江南最美好的季节来了，杭州从唐朝开始种桂花，白居易说“山寺月中寻桂子，郡亭枕上看潮头”，灵隐寺的桂花是“桂子月中落，天香云外飘”，天竺寺的桂花是“玉颗珊珊下月轮，殿前拾得露华新”。宋代开始，满觉陇的桂花就被写入《咸淳临安志》:“桂，满觉陇独盛。”

闻着窗外阵阵醉人花香，读着这些优美的诗句，简直就是一场视觉饕餮。忽然想起另外一句诗:“花开堪折直须折，莫待无花空折枝。”自己是不是应该去酿些桂花蜜，即使过了花期，也能把这份齿颊留香放入红茶和咖啡，岂不美哉。

蒹葭萋萋，白露未晞，双休日起了个大早，赶到玉皇山想去弄些桂花。莫道行人早，更有早行人。本来想玉皇山又不是植物园，心远地自偏的，偷偷摇一摇桂花，想必神不知鬼不觉的。奈何一大早上山，桂花树下已然都是翘首闻香人，而且似乎都左张右望，有些鬼鬼祟祟的模样。我想莫不是都是来摇桂花的？自然不能说采桂花，不合法理；更不能说偷桂花，此语难堪。思忖良久，终究不好意思拿出怀里藏着的雨伞。听朋友说，把伞撑开倒放于桂花树下，一摇，桂花就簌簌而下。

人从花中过，片叶不沾身。奈何给隔壁老王打电话，老王道这还不简单，朋友家里就有桂花树，下午就给我送过来。

老王不多久就送来了两大包桂花，一包是采摘的银桂，一朵朵花绽放得正有型；一包是摇的金桂，说要费些力气挑拣。看他贼眉鼠眼的样子，我很怀疑这桂花的来历，不过眼下顾不了这么多，得趁新鲜马上挑拣腌制，时间长了，花就蔫了。

家里没有筛子，我只有采取传统手工的笨办法，把花放在小蔑萝里，用小拨子一朵一朵拨开，把桂花的花瓣和花梗分离挑选出来。花费五六个小时，差不多眼睛五花六花，腰椎间盘都要弄突出了，才把这项工作完成。我像将军一样检点盘算着这些浓香扑鼻的金桂银桂，打算一半做冰糖腌桂花，一半做蜂蜜浸桂花。

洗干沥净花骨朵后，先用少量盐腌制，在这个过程中，我开始制作糖浆。用的是从云南买来的古法黄冰糖，放到锅里慢慢用火熬制。不久，漂亮的黄褐色液体渐渐溢了出来，像麦芽糖和蜂蜜般黏稠。我一边听着“那夜的雨也没能留住你，山谷的风它陪着我哭泣”，一边等待锅里的液体稍稍冷却，盛出糖浆，倒入刚才腌渍好桂花的广口瓶内。

慢慢地，我发现情景似乎有些不对，那玻璃瓶里的糖浆并不渗透下去，而是浮在桂花上面，不久便凝结成了琥珀色的一大坨，像是戴在桂花上面的一顶褐色大帽子。

这个冰糖明明是融化熬成糖浆的，怎么又会凝结在一起了？坛子瓶口小，冰糖结成块状之后，死硬死硬的，以后怎么取出来呢？再回头一看锅子，青花盘子，还有勺子、铲子，都完蛋了，它们牢牢地被糖浆固定在一起，分也分不开。一拉，像拔丝苹果一样，浆丝被牵得很长。

我气急败坏打电话问朋友，朋友说，你熬糖浆没有加水么，这下完蛋了，那广口瓶的桂花也弄不出来，你就当作标本放着看看吧。

想起小时候，有一次周末去父亲工作的公社。那天父亲不在房间，我看见桌子下面有块隔板，掀开一看，是一大脸盆鸭蛋，被水浸着，水上泛着些许白色的浮沫。我想这个浸鸭蛋的水怎么这么脏，就很勤快地把脸盆的水倒了，接了一脸盆自来水，还把鸭蛋洗了浸了。过了几天再回去，听父亲抱怨，不知道哪个鬼换了腌咸鸭蛋的水，一脸盆的鸭蛋都变成坏蛋了，这可是溪沟老鸭生的蛋啊。

去年底，朋友送来几十斤土猪肉，还有 80 元一斤的两头乌（浙江义乌的一种猪，头黑尾巴黑，身子白）。早就眼馋朋友圈里那些人秀出来的一片片琼玉膏脂般的蒸咸肉，还有鲜得掉眉毛的春笋炖肉。求人不如求己，再垂涎欲滴，不如自立自强，干一番惊天动地的事业，腌一缸丰功伟绩的咸猪肉。

隔壁老王一直号称自己是腌猪肉高手，想必经验丰富，随即聘来做指导教授。在他的指挥下，我早早从四川购来一只可以放八十几斤肉的青陶圆口大缸，买来无碘盐、花椒、白酒，购置一打油布、手套、围裙。一切物料准备齐全后，在一个月黑风高的夜晚，我们开始动手干大事了。

我负责在锅里炒盐，待盐温热后开始放花椒，炒到微微转色之后盛出备用。我一锅一锅地炒，像是店家糖炒栗子，颇有一种大厨的傲娇。老王蹲在地上，地上摊了厚厚的油布，一条条肋条猪肉摊放在油布上，老王抓了盐和花椒抹上去。反复搓揉，耐心仔细，不放过每一寸肌肤。看着老王搓揉猪肉的表情，像是在抚摸姑娘的大腿，眼神迷离，表情微醺，沉醉而痴迷，让我一下子对老王的腌肉技术充满了信心。

肉腌制好了之后，放入腌缸里，之前，我们还去乡下溪沟里捡了两块漂亮的青石头，用来压缸，肉不能直接放缸底，会有血水渗透，下面要垫石头。

那天从晚上七点忙活到半夜十二点，终于大功告成，我看着大半缸猪肉，内心无比踏实和富足，似乎是守着一缸的金银财宝。

肉腌了近一个月，其间隔壁老王清理过缸底的血水，也把猪肉翻了面。趁一个有太阳的日子，我和老王开始晒腌肉，买了钩子、绳子、棍子、钻子，把肉一条条挂在阳台一角，煞是好看。想起新闻上说，有人偷楼道里挂着的腌肉，想必也是难抵腌肉炖春笋的诱惑吧。

晒腌肉也是个技术活。这倒是真话。想起前几年，我回老家，母亲大人给我一块腌肉，那腌肉是一长块肋条，总有个五六斤重。那时我住在巷子里的老房子，七楼，没有电梯。我把腌肉挂在外面雨棚下面的铁杆子上，过了几天，我发现肉不见了。我觉得好奇怪，这么高的楼层，夜猫不可能跑到雨棚下面来偷肉吧，四处张望，没有肉，却见铁杆上悬着一个空荡荡的绳结。我探头往下一看，差点惊叫出来，我看见六楼的雨棚上，就是对着我挂肉的位置，赫然一个小碗口一般大的洞，我再仔细一看，不得了，透过这个洞口，五楼的雨棚也有个洞，四楼的似乎也有。那块肉定然挣脱绳索，奔向自由的天地去了，肉没了事小，万一砸到人还不出大事。幸亏我们楼房二楼有平台，那块肉应该掉在了平台上。只是这么多砸坏的雨棚怎么办？忐忑了几天，也是事巧，没多久老小区改造，集体换了雨棚。

讲了这么多，大家肯定很好奇，我们那一缸腌肉怎么样了？这个腌肉总结起来只有三个字“办砸了”。肉是好肉，盐是好盐，活是好活，但是，我们疏忽了一个环节，在晒肉之前没有把肉洗过，直接从缸里拎出挂杆子上了。结果这个腌肉入口如盐，咸味掩盖了肉本身的香气和鲜味，吃一块腌肉，齁得像吃盐，可以一天喝白粥。如果在缺盐的年代，这肉就是黄金疙瘩了。好好的土猪肉，就落得这么个败家子结果，如果那两头乌地下有知，估计也会一口老血晕倒。我问隔壁老王，你不是教授，是腌肉高手么，怎么会这样？老王说，百密一疏，人生不要总追逐结果，要享受过程。

秋风起，醉蟹忙。李渔嗜蟹如命，曾经在书里写道：“予于饮食之美，无一物不能言之，且无一物不穷其想象，竭其幽渺而言之；独于蟹螯一物，心能嗜之，口能甘之，无论终身一日，皆不能忘之。”李渔做醉蟹更是有一套独特方法：“瓮中取醉蟹，最忌用灯，灯光一照，则满瓮俱沙，此人人知忌者也。有法处之，则可任照不忌。初醉之时，不论昼夜，俱点油灯一盏，照之入瓮，则与灯光相习 ，不相忌而相能，任凭照取，永无变沙之患矣。此法都门有用之者。”意思就是从坛子里拿醉蟹，最忌讳用灯，灯光一照，螃蟹钻到沙子里，就只看到满坛的沙子，这是人人都知道的。有办法对付，可以任意照而不需忌讳就将蟹取出来。刚开始腌的时候，不论是白天还是晚上，都点上一盏油灯，照到瓮里面，让螃蟹对灯光习惯了，以后随便拿灯来照，它再不会钻进沙子里，这种办法经常有人用。

我把李渔腌醉蟹这逸事说给老王听，老王说这个简单，醉蟹，就是腌螃蟹么，我当然熟套了。见我沉思不说话，老王更加得意:“别说腌肉，腌螃蟹，就是腌蛇，我都干过。”

我大吃一惊:“腌蛇？活的？”

老王那个时候还是小王，正是上天擒龙、下地抓蛇的顽皮年纪。他母亲关节痛，农村里有一种流传甚广的药方，用白酒浸泡毒蛇。有一次，亲戚送来一条蕲蛇给他母亲泡酒。老王和母亲找了个坛子，装了60度以上的白酒，把蛇装了进去，封了瓶口。

我惶恐问:“那后来呢，这个药酒对关节痛有用吗？”

老王说:“大半年后，我们开了坛子，准备倒出药酒。结果，那条蛇嗖地一下飞出坛子之外，原来那蛇竟然还是活的，酒放得太少了，没有淹没它的头。”

我惊得毛骨悚然，一口咖啡差点吐出来:“这个蛇还活着，会咬人吗？”

老王说："蛇当然会咬人，活的蛇嘛，而且蕲蛇是剧毒的，咬了是要出人命的。幸亏，那条蕲蛇不大，也被酒熏泡了大半年，晕晕乎乎的，飞出来后找不到方向，否则啊呜一口下去，我岂不是没命了。"

第三卷

Chapter 03

花令：郑州的朋友来杭州啦，晚上吃饭，对老板说："来一碗米。"

老板诧异地说："你要米干什么？米是给鸡吃的呀。"米从哪里来的呀？米不是从商店生产出来的。从稻种长成米粒，要经历鸟灾、成活、虫灾、鬼火烧禾、水灾、狂风、阴雨等七个灾难，米来自大地。

美院上空有片火烧云，天空那么蓝那么美，云儿飘来飘去，这些白云一会儿聚一会儿离，一会儿又变成孙老师养的鸡、养的鸭。孙老师眼睛眯成一条缝，快乐而温柔地招呼它们来吃米："哒哒哒，哒哒哒——"

高考落榜要嫁王木匠

西子湖畔迎亚运

奔跑吧，羚羊

我，走在你的后面

那场像“奥斯卡”的毕业典礼

米从大地来

“美院”有朵火烧云

“财主家”的小火锅

龙舟下水划呀划

告别总是在初夏

高考落榜要嫁王木匠

那年高考落了榜，我问能不能给点钱，想再复读一年。我妈说，女孩子读那么多书干什么，既然已经落了榜，不如嫁给王木匠。

18 岁的夏天，蓝蓝的天上飘着几朵白云，蓝是蔚蓝的蓝，白是洁白的白。这些无聊的云，从山冈东边飘到西边，从西边飘到东边，一下子成了巨蟹座，一下子成了金牛座，然后又变成了白羊座。

我懒洋洋地趴在窗户上，看几只蚂蚁搬东西。先是三只蚂蚁列成纵队探路，再是四只蚂蚁抬了一粒米屑过来，后面还有两只蚂蚁并排压阵。米屑是昨天晚上蒸笼里剩下的米糕，我掰着放在蚂蚁们必经的路上，一边听着我妈在厨房鬼哭狼嚎："大花，水池里的衣服有没有洗好。锅里水开了，煮好茄子煮豇豆，变了颜色就捞起来冲冷，摊到院子里竹篾团箕上。弄完赶紧整猪食，猪都在圈里嗷嗷叫着呢。”

这两天高考发榜，毫无悬念没有考上。我每天坐在台阶上看云发呆，我们村子太小，两边狭窄的山峰和山脉，像天空伸出的两个胳膊，把村庄紧紧挤压成了一艘船。二姐说，要看火烧云，就要爬到山冈上，或者到山外去，那里山不会这么拥挤，视野开阔，火烧云看起来像是孔雀开屏。

要不要复习，我爸模棱两可，我妈意思比较明确：“大花，你看要不就不要读了吧，你大姐二姐，初中、高中毕业回村里，现在不也挺好的，在工厂里做工，每月有工资拿。你高中毕业，女孩子么也是差不多了。昨天，王木匠妈妈来过了，还拿来两瓶酒一包点心。王木匠现在在城里干活，一年赚得不少呢，可有出息啦。”

我一边喂猪看它们抢食，耳朵边响着“嗡嗡嗡”的叨叨:“村口的李大强，别看傻乎乎的，他姐姐在德国开餐馆，前段时间来信了，要他弟弟去德国。他姐嫁过去的村是华侨村，都出去在德国开餐馆，赚的是洋人的钱。李大强说你高中毕业，人聪明，问你要不要和他一起去？”

“哐啷啷”，我一下子把猪食勺子摔在地上，那瓢滴溜溜在原地打转：“你要去嫁什么王木匠、李大强的，你自己去，重要事情说三遍，我是要复习、要复习、要复习的！”

在这七月流火的夏天，我准备向我的村庄告别。二姐给了我 10 元钱，父亲给了我 10 元钱，我把那辆二八自行车洗得干干净净，钢圈擦得闪闪发亮，后座上一边挂着米袋，一边挂着两罐霉干菜，准备向我的未来出发了。

那是 20 世纪 80 年代末，我们村还没有通车，去往外面镇上，要不就是自行车，要不就是搭运输木材的拖拉机，还有就是靠两只脚走路，我们叫作 11 路公交车。高中时候父亲给我一辆用过的二八自行车，我骑在上面，像一只鸭子立在杆子上。现在我把车子蹬得很快，享受着风从耳边、从发梢呼呼而过，有一种飞翔的感觉。午后的路上白花花的没有人，只有树上的蝉，一路叫着和应我胡编乱造大声唱的歌：“那年鸡犬不宁，那年兵荒马乱，那年在十字路口彷徨，那年考虑要不要嫁给王木匠。”

我来到几十里外的分水镇，我和同学叶子、爱萍三个人租了一间房，是在一座老旧木房子的二楼上，楼梯踩上去，木板嘎嘎作响，灰尘扑扑飞起，蜘蛛在角落里勤劳地做着织娘，用水和洗手间，都在楼外面。房间里白天、晚上都要开灯，一盏昏黄的灯泡鬼鬼祟祟挂在中间，有点聊斋的意思。虽然环境和安全都差强人意，好在房租便宜，我们三人约好，平时要结伴同行。天降大任于斯人也，必先苦其心志，劳其筋骨，饿其体肤。

有空我就去叶子阿姨家里套笔杆。分水镇是全国的“制笔之乡”，很多家庭都有作坊，已经形成了一个产业链。这户人家做电镀拉丝，那户人家做弹簧涂料，还有的做制模包装。我们学生和老人就坐着做做套笔杆的手工活。活计并不复杂，就是把笔杆、笔芯、笔头、弹簧等零部件组装在一起，拼的是速度和效率，是计件算工钱。我忘记套一支笔是几厘还是几毫钱了，反正活不累，就是要手脚快。同学的阿姨很客气，经常留我们吃饭，结算工钱的时候，也给我们多算一点。

我是最后一个到复习班的，一个教室坐着 60 多个人，过过道都几乎侧着身子，我坐在最后一排，后背完全顶着墙。复习班上的同学都很努力，学习很用功。大部分学生都是分水中学的，家在附近，不像我们这样要考虑吃饭住宿问题。我们到医院食堂蒸过饭，在招待所搭过伙。叶子家是分水片区的，她妈妈经常给我们送菜。班里有个男生，长得很帅，个子很高，头发弯弯的，穿着牛仔服、牛仔裤，有点像台湾明星秦汉。他家就在分水镇武盛街，住的是二层楼的洋房，爷爷在郊区种菜卖菜，家里条件还不错。这个男孩子坐在我前面，经常带大家去他家里炒菜，算是打牙祭了。

冬天晚自习出来，呵气成冰，手脚冻得通红发麻，冷风刀子一样割着脖子。每天回家，即使绕路，也要经过一下武盛街，远远地就看见拐角处亮着一盏灯。有个老人每天在这里摆馄饨摊，煤饼炉子上炖着锅子，哧哧冒着水汽，馄饨挑子摊开来，就变成个小桌子，拉开抽屉，是一屉一屉现包的馄饨。那些馄饨像勾了我们魂似的，滚烫的开水浇到碗里，兑开猪油，放一簇葱花，一个个馄饨浮在碗里，像是一只只胖墩墩的小猪。一碗馄饨下去，整个肠胃，连同夜晚都暖和明亮起来。我们并不是天天能吃得起馄饨，有时半个月一次，有时某场重要的考试，吃碗馄饨作为犒劳。

现在的武盛街早已改头换面，修缮后的老街商铺林立，香裙鬓云。石板路拓宽了，老房子改造拆迁了，我在街上走了两个来回，怎么也找不到当年馄饨摊的位置。记忆里的那碗馄饨，怕是再也吃不到了，颇有点馄饨不知何处去，武盛依旧笑春风的迷惘。

对于六七十年代出生的农村考生来说，每年的七月份是一个宣告命运的季节。有的从鸭子涅槃成了天鹅，有的仍旧扛起锄头走向田野，把绝望和不甘，痛苦和眼泪，埋进脚下的大地和泥土。

有段时间我处于人生低谷，一位大作家告诉我他非同寻常的高考经历。他的人生经历了五次高考，而且三次都是洛阳地区的文科状元，但是因为小时候的一次发烧，导致身体出了状况，每次都是卡壳在高考体检上。最后那年，高考结束后的他没有回家，白天打工，晚上就在山上一座亭子里住着等消息。那亭子东倒西歪的，只有两条石凳，亭子叫作冯公亭，是为了纪念冯玉祥爱国大将军而建造的。回家时没有钱买车票，问师傅能不能欠一欠。师傅说，我不要你钱，你让我看一眼录取通知书，我家娃也在读书，让我们沾沾喜气。

这位作家当年就读山东大学中文系，他的小说改编影视剧，获得“北京文学奖”“五个一工程奖”等，一直在资助贫困大学生。纯净的灵魂和思想，也可以在干旱穷顿而贫瘠的旱塬上，开出美丽而高贵的花朵。就像他作品里描述的一样：“人需要庄先儿一样的思想，一条无形的辫绳抽结的思想，一甩一朵花，一甩一朵花，朵朵花上面，是我们的思想。”

复读了一年后高考，我终于收到了学校的录取通知书，虽然学校很一般，但毕竟从农民户口变成居民户口。说到高考，我说这是改变农村孩子最公平的一个方式。母亲却说，命运这个事情谁也说不好，高考也不是改变命运的唯一方式，你看隔壁村的王木匠，现在生意做得这么大，村里老年食堂他都捐助呢。

我们那个村叫作严村，严村的严姓人士，是严子陵的后裔明朝时迁徙于此，子孙繁衍生息，以姓名村。距离我们 1.5 公里隔壁王木匠的村，叫作夏塘。夏塘村现在是中国快递发源之地，260 户人家，发源了两家快递上市公司。村里有钱人不少，身价上亿的就有十几个，如果我没有高考上，说不定我就是快递老板娘。

流光容易把人抛，红了樱桃绿了芭蕉，每年到了高考季，天上总是飘着火烧云。这些火烧云，像是凡·高把油彩泼到天际一样，这样的热烈和绚烂，恍如我们十八岁那年的初夏。

西子湖畔迎亚运

我们有个微信群叫作“西子湖畔同路人”，是在 2015 年 9 月杭州成功申办第 19 届亚运会时建的，主题有点壮志凌云：“爱运动，做公益，跑个赤道迎亚运！”为迎接杭州亚运会，大家决心共同跑完一个赤道的周长。8 年来，群里三百多号人八仙过海，各显神通，除了跑马拉松，还有人游泳横渡钱塘江、登山、越野、打羽毛球……

群主叫飞哥。飞哥建群后购买了一大堆装备，和群里的人每天早上在西湖边跑步打卡。大家统一服装，脚步要快，姿势要帅，跑完了左手叉腰，右手高举，拍个美照。他们常常和由施一公领着晨跑的西湖大学的老师们不期而遇，大家相视一笑，开启美好的一天。

跑着跑着，飞哥就对跑马上了头。从 2015 年到现在，每年最少跑 5 个半马和 3 个全马，参加了 60 多场马拉松赛事。

从东跑到西，从北跑到南，简直画出了个中国地图，香港、澳门、台北，乃至海外的芝加哥、大阪、北海道、韩国等。北上广深，西北去兰州西安看大漠孤烟直，西南云南曲靖体验山那边上云端，东南去海边吹吹风观日出，东北溜个冰吃吃小鸡炖蘑菇。前几天，飞哥说要送两个儿子一个大礼，带了两人参加“玄奘之路戈壁迎亚运”活动，父子仨四天三夜在戈壁滩徒步90 公里，从大墓子母阙、黄谷驿到戈壁清泉，小朋友回家像个野人一样蓬头垢面，亲妈差点都没有认出来。

掐指一算，赤道周长是 4 万公里，飞哥 8 年马拉松总公里数超过了 1900 公里，21 个飞哥就能跑完赤道一圈。“西子湖畔同路人”中至少有四五十个人在跑马，我们估计大家已经跑完了赤道两圈。

群里有个中学老师姓周，热衷于做马拉松“兔子”，一开始主要是为了欣赏美景。慢慢地，周老师开始学习急救、学习心肺复苏及 AED 操作，学习锁骨骨折、手掌离断伤等创伤的救护、护理，后来他成了杭州市西湖区红十字飞龙救援队队长、浙江省应急管理专家库成员。他所在的红十字飞龙救援队，现在是亚运会和亚残运会场馆的保障团队。

亚运火炬在杭州传递那天，很多人清晨五六点钟就赶去涌金公园广场占位置。这个涌金公园广场是有来头的，处在西湖边的 C 位。南宋《西湖繁胜全景图》中，有一处画的就是涌金门附近的筑球门和筑球场。宋朝的衣食住行风雅繁荣，体育运动也处于巅峰。那个时候的“捶丸”就是现在的“高尔夫”运动。足球，在宋朝叫作“蹴鞠”，一个空心皮质的球，一群少年簇围而蹴之，不能让球落地，持续时间越久，代表踢球技术越高。“蹴鞠”有两种方式，一种叫“白打”，两支队伍不分胜负轮流表演，主要是炫技。另一种是“筑球”，有球门，也叫“风流眼”，两个队穿着不同颜色的衣服，在涌金广场上击球或踢球，每年都有公开赛。陆游在《晚春感事》中就写道：“蹴鞠场边万人看，秋千旗下一春忙。”

杭州最美的是秋季，火炬传递路线围绕着涌金公园广场。那一路美得令人猝不及防——有“空山寻桂树，载花如行云”的南山路、北山街，有“孤山寺北贾亭西，水面初平云脚低”的孤山，有“一段寒香吹不尽，西泠残月角声中”的西泠桥。

正是在人堆里，我看见了朋友老吴。他拎着两只轮滑鞋，脖子伸得像长颈鹿。我问老吴他的滑轮技术是不是可以参加亚运会了，老吴一听来劲了：“前两年我们举办轮滑大赛，竟然不分少年、中年、老年，稀里哗啦全部安排在一组。一开赛，那些小年轻唰唰唰地就飘出去了，一骑绝尘啊。这次组织的迎亚运轮滑大赛终于分组了，我拿了个老年组冠军呢。”

老吴和我聊着聊着，谈到了我们共同的朋友王爱国，说最近要去找他。王爱国本名约翰·乔治，来自美国宾夕法尼亚州，来杭州后他给自己取了这个很中国的名字。当时的杭州有个口号是“把西湖让给外地人”，西湖不收门票，每年吸纳了2000多万来自全国和世界的游客。丹桂飘香，三五好友在毗邻的梅家坞、毛家埠、龙井村、龙坞桂花树下，喝喝龙井吃吃农家菜，惬意幸福，已经成了这个城市生活的一部分。

王爱国一到杭州，就迷上了这样的日子，在西湖边喝茶、跑步、骑车、看书、观鸟，乐不思返，一门心思要做杭州女婿。他还想学习炒茶技术，要把中国茶叶销售到他的家乡。

我问老吴找王爱国干啥，老吴说，王爱国在北京奥运会之前，给我们拿了一本英文书，里面有一段大致是这么描述的："在中国的公共厕所，你要自己准备厕纸。虽然会有一个看起来应该装着厕纸的容器，但它通常是空的。因为如果提供了免费的厕纸，它们很可能会被厕所的使用者们拿光。事实上，厕纸是有的，只是通常被放置在厕所的入口处。所以，进入厕所隔间之前，你要记得从入口处拽来一点手纸。"如今，亚运会就要在杭州举行了，杭州有了更多美观且体现人文关怀的公厕。老吴找王爱国，想领他去参观。

老吴拿出手机给我看照片：你看，这是西湖边的"兰心"公厕，江南水乡建筑，园林艺术，一步一景，像是展览馆，楼上还可以喝咖啡。这是东河坝子桥一个叫"雪隐"的公厕，青瓦白墙，远看云雾缭绕、若隐若现，近看晶莹剔透、禅意十足。这是武林门的透明公厕，科技加持全 5G 覆盖；这是西湖文化广场的五星公厕，小桥流水，亭台楼阁，都成了网红打卡的地方呢。

我和他说，见到王爱国，别忘了向他介绍一下"西子湖畔同路人"。杭州人喜欢运动，也热情好客，我们代表市民，跑过山越过海，跑了一圈赤道欢迎四方宾朋。

奔跑吧，羚羊

每到暑期，食堂就餐人员总是多起来，正是新人报到或大学生来实习的高峰期。说到实习，单位里的老报人总会想起以往的一桩实习故事。

说起来不过是 20 多年前的事，但恍惚已隔了一个世纪。那年七月份，社会新闻部一下子来了三个新人，两个男的，是浙大中文系的，鬼灵精怪。还有个女孩，叫作小青，穿得非常朴素，灰色的衣服、黑色的裤子，剪着中规中矩的短发。要说社会新闻部吧，那真的是“女人当男人用，男人当机器用”的部门，每天接触的都是万花筒般的社会万象，在这里待个两三年后，什么事情都是见怪不怪了。手机肯定必须24小时开着的，报料电话一刻不停响着，常常，出警的人员到现场时，跑线记者也同时到了。

部门当时正在策划一组最基层体验新闻，新来的实习生主动要求到最艰苦的一线去。两个男孩，一个被分到殡仪馆，一个被分到环卫所。分到殡仪馆的采访化妆师，还和殡仪馆的同志一起抬亡人。这组体验新闻后来拿了全国大奖，这个在殡仪馆实习的记者，做了十多年一线岗位后，援过川，做了报社的领导，那是后话。

再说小青，她到福利院后，给老人端茶倒水，洗头洗脚，还帮老人擦身子、洗屁股，干得认真踏实。小青看起来就是个本分女孩，沉默寡言，总是穿着灰扑扑的衣服，骑着一辆除了铃铛不响，其他都叮当作响的自行车。关于小青，还有个传言，说大学里本来有个男朋友，可能觉得小青家里条件一般，认识了一个梅家坞家境不错的女孩后，和小青分了手。

小青在报社干了五六年，有一天突然辞职离开了。隔了两年，几个同事接到了请柬，小青结婚了，酒席定在香格里拉。大伙到地一看，都是豪车，替小青高兴，觉得应该嫁了个经济条件不错的。喜酒不收礼，还给大家发了喜糖、喜烟和伴手礼。婚宴上一看，小青竟然是某个上市公司老总的独生女，从报社辞职是因为要回去掌门家族企业。小青说，是从事新闻的这段时光，才让她快速成长和认识自我。

张爱玲说，娶了红玫瑰，久而久之，红的变了墙上的一抹蚊子血，白的还是床前明月光;娶了白玫瑰，白的便是衣服上沾的一粒饭黏子，红的却是心口上一颗朱砂痣。男怕入错行，女怕嫁错郎，很多人工作做着做着，就厌了倦了，倘若能把兴趣爱好和本职工作相结合，那是人生最大的幸福。

来杭州前，我在地方党报做了六七年记者和采编，爬最高的山、走最远的乡。年轻人身体壮如牛，经常写着稿子到凌晨三四点，白天又精神抖擞去采访。每个周三晚上，报社是开例会的。有一天，老总打电话给我，说你怎么还不来开会，迟到了哦。我说李总，今天我不来开会，要请假了。他问干吗请假，我说我现在在医院里生孩子，正痛得死去活来呢。李总赶紧说："那好的，你好好生吧，今天你就不要来开会了。"

我有个师父，姓方，是他把我从县城报社引荐到省城来的。师父的身上带着浓重的土味，他是从部队里出来的摄影记者，吃饭速度快，吃相不好看，会发出"叭叽叭叽"的声音。衣服也不讲究，皱巴巴的，有时候外面回来还沾了泥巴和污渍。在师父这里，拉开相机的镜头，就像是战场上打开了枪栓。只有站在离火线最近的地方，才能拍出最好的照片。好几次台风抗洪抢险，师父总像个勇士一样，一马当先，毫不犹豫地"扑通"跳下水去。

我们的报纸是大开报、大版面，我和师父负责报社区域经济的版面采访和编辑，每周都有一个整版组稿，我们隔个两三天就要下县市采访，温州、丽水、绍兴、湖州，等等。温州的鞋业、乐清的电器、织里的童装、义乌的市场，等等，节奏非常快，行程安排得满满当当。

2001 年 12 月，我们去师父的老家遂昌采访竹炭行业，那个时候竹炭在很多人眼中还说不清一个所以然，大部分是通过外贸出口到日本，用于水库清理除污。产品空间小，利润低，更没有自己的品牌。我们连续在遂昌走访了所有的竹炭产业，晚上把这些企业召集起来开会。几天下来，师父和我说，竹炭产业会有很好的前景，要为家乡人民做点事情，要做民族的竹炭产业，要有自己的品牌。他让我给竹炭品牌取个好名，我毫不犹豫当场就说："那就取名叫卖炭翁吧，伐薪烧炭南山中，满面尘灰烟火色，两鬓苍苍十指黑。卖炭得钱何所营，身上衣裳口中食。目前我们的竹炭基本上是出口贸易，企业没有自己的品牌，所赚利润些微。白居易这首诗的描写，恰如现在竹炭行业的写照啊。"

"卖炭翁"商标注册成功后，一炮打响。未几，方师傅第一家竹炭专卖店就在杭州曙光路上开出来了，从 2002 年开始，卖炭翁瞬间成了网红，身影出现在各个电视台、报纸杂志上，仅仅在广州，两年之内，卖炭翁的专卖店就有 48 家。卖炭翁一时风光无限，风头无二。在全国，卖炭翁开出来上千家店，中央、地方和网络各大媒体，纷纷对卖炭翁做了报道。而我们大家，因为报社的变革改版、总部搬迁等因素，原来的同事纷纷各奔前程，我和师父也少了联系。我投奔了新东家，师父离开了媒体，到家乡办实体做企业，真正伐薪烧炭做卖炭翁去了。

一转眼，我来到现在的新闻集团，竟然已经整 20 年。在这座新闻大厦里，我做过经济报道，后来响应采编力量充实到经营去，开始做发行、品牌，建记者站。那几年，真的是纸媒闪闪发光的年代。报社自办发行的第二年，我们就把报纸发行从 17 万份做到了 25 万份。国有企业的每个车间都有我们的报纸，有个车间有 100 多号人，我们的报纸阅读率竟然达到了一份传播百人。

未几，报社自办广告，我又幸运地被拉到了这个财神部门。

部门老大是福建人，姓王，简称隔壁老王，自称“吓大”（厦门大学）毕业，敢想敢拼，把杭州的房产平面广告做到一个亿。杭报大楼旁边有家“沙县小吃”，老板的小舅子简称“小诸葛”，一边手上烧着馄饨或拌面，一边就用“胡福不分”的闽南口音，开始和你谈时事、人文、地理、风情，他关心时局，了解政事，像新闻评论员一样开始宏观层面、微观层面的梳理分析，末了还会说一句：你们的老板隔壁老王，也是我们胡（福）建人。

那时候年轻，我们的脸上少了些岁月的沧桑，阳光打在你我的脸上，集团里的海报上，是一队朝气蓬勃的小伙伴奔跑的照片，旁边文字是“那是我们的青春”。我们传媒公司的墙上印着一行闪闪发光的大字：“草原上，羚羊不断地奔跑，否则就要被狮子吃了。”那时候，多少人因为那句话而震颤，而投身媒体：“总有一种力量，让我们泪流满面，总有一种力量让我们抖擞精神，它驱使我们不断寻求正义、爱心、良知。”

我们一直在奔跑，在阳光里，在正午里，有的在不断进步，有的在原地踏步，有的另寻出路突围，有的跑到了岔道上，还有的跑得不见踪影。报社每年都陆续离开很多人，有的投身房地产，有的做电商，有的做自媒体。极少数混得风生水起，更多的是隐匿于人民群众的汪洋大海里，平静平凡，不痛不痒。

前几年的一个冬夜，师父出车祸走了，他曾说过：“我有很多证，房产证、行驶证、献血证、捐助证，这个证那个证的，唯有这本记者证，是我最宝贵和在乎的，那是我离生命最近的一次。”如果生活允许重新来一遍，我相信他还会像个勇士一样，义无反顾再出发。

六月的风带来夏天的潮湿和冲动，远处的山冈上，升起一轮白月光，多像我们年轻时候的梦想。

我，走在你的后面

小禾读初中时，我发现手腕已经掰不过她了，自此，我对她就客气很多，那个时候，她的想法是拯救世界和宇宙，有一天半夜，不知怎的坐在窗口啪嗒啪嗒掉眼泪。我以为发生了什么大事，末了，她说了一句："所有的思想，在提升之前，都要大哭一场的。"高中她去了上海，从此开始单飞，从杭州到上海，从香港到伦敦，两人之间的话题话风，也是从现实走向魔幻。

一开始的画风，总是和吃的有关系，在香港读书的时候，她和同学排队买了演唱会门票到深圳卖了，赚了几千元钱，大吃了一顿海底捞。到伦敦后，有一次问我："我们没有钱哈，如果有钱，我在伦敦就可以买一只烤鸭，现在不敢多买，只能买半只。"我说："什么话，不就是一只烤鸭吗？这个鸭子总吃得起的，买买买。"小禾说："半只鸭子 15 英镑，一只鸭 30 英镑，大概就是近 300 元人民币。"我说："你这个孩子，又不是赶马车，

吃一只鸭干吗？要到海边扛麻袋包吗？半只鸭足够了，吃一只鸭还不撑坏了。”

年三十我们各自一方，我问她:你在伦敦孤独吗，有没有一种在异国他乡漂泊的感觉？席慕蓉不就写过：“从回家的梦里醒来，布鲁塞尔的灯火辉煌。我孤独地投入人群中，人群投我以孤独。”她说:“那都是你们大人的幼稚和矫情。”

这两年，我们讨论的话题有点像疫情时期的小区保安，问的都是直击灵魂深处的终极哲学:你是谁？你从哪里来？你要到哪里去？有段时间，我发现自己走路发微信总会磕磕碰碰，我问小禾这是为什么，她说因为我的智商是 100 分。我很高兴，以为自己得了满分。然后她说，100 分就是正常及格的分数，这样的智商一个时间段只能做一件事，走路不要发微信，同一个时间就思考一个问题。

有一阵子，各种事情纷至沓来，我和小禾说我肯定得了抑郁症。她问我如果现在给我一个亿，我是高兴还是不高兴？我说那肯定乐坏了。她说，那就不是抑郁症，得抑郁症的给一个亿还是会不高兴，你这是遇到问题了，就像渠道里的水被堵了，等困难解决就好了。我又问小禾，我觉得我的人生很悲凉，怎么没有遇见一个爱我的人。她说，爱情这个事情，是要看缘分的，是两个人的事情，你不能强求别人，而且不能一天到晚把这事挂在嘴上，欲速则不达。我问她，你读大学怎么不谈个恋爱呢？她说："我们计算机系和计算机系的人，不会来电。不像你，几首歌、几束花，爸爸当初就把你骗到手了，幼稚。"

我和她每次去日本，都喜欢去那些人烟寥寥的乡间小路。清晨的路径旁，逶迤着不着边际的樱树，温柔而静谧，散发着古老的木质清香和恬淡的气息，薄薄的花瓣上覆盖着昨晚的露水或雨滴。一阵风过，樱花如雪一样在空中飞舞。一树又一树的樱花，压低的枝丫倒映在水面上，一时分不清这树是长在水里还是岸上。穿着婚纱的新娘倚靠在桥上的扶栏边，和桥头的新郎遥遥相望。真的应了你站在桥上看风景，看风景的人在楼上看你。

我很感慨：人到中年，韶华已逝，岁月苦短，这樱花祭太让人悲伤了。这个世界上很多事情，都是那么短暂和遗憾，当初的梦想，就像天涯的星星。我们在游泳，但是游了一半，却发现再也上不了岸。小禾却不以为意："凋零并不是意味着死亡，即使凋零后的樱花，依然可以通过各种手法保留它的色、香、味，还是鲜艳美丽，楚楚动人。你们中老年人就是喜欢感慨，想做什么事情，任何时候都不晚，野百合不也有春天吗？

今年我们是毕业季，别人问我们毕业了干什么，是工作还是考研，考研考哪里，读什么专业，我真的回答不上来，我只知道，我们像一条船一样，还没有考虑好驶向哪里，就暂时停泊在一个港口。”

小禾在港大读了一年数学专业，后来又申请了帝国理工的计算机专业。因为疫情回国，本来研究生和本科连读的学业，她自行选择了本科先毕业，研究生再申请别的专业。我忧心忡忡地望着她，小禾开导我：“作为家长，你们真的不要为孩子去操心什么，总能自食其力的。如果我像你们这样考虑，当初我就会在港大读完本科或研究生，拿个香港户籍，我的孩子今后申请大陆名校就容易多了，为了下一代牺牲自己的想法，没有意义，你们只要考虑过好自己的人生就行了。”

几乎从初中开始，我们一直疲于奔命，总是忙着从一个车站奔到另一车站。读了大学后，小禾三年年夜饭都是一个人在汉堡和水饺中度过的。大学四年，没有穿过一次裙子，没有谈过一次恋爱，没有好好地去看一段风景和旅程，一直像飞速旋转的陀螺一样，没有时间去思考和停留。

但是，生活，毕竟是需要一些逗留和放空的。杭州最美的是秋季，断桥的残荷支棱着灰黑的身子，像是一把把扯断弦的琵琶。北山路上飘落的法国梧桐叶，在地上翩跹起舞，跳的是春花秋月的曲子。小禾对我说，秋季你好好去看看西湖吧，那满地的爱与哀愁，也是美好生活的一部分。

那场像“奥斯卡”的毕业典礼

帝国理工的毕业典礼非常隆重，隆重得像一场“奥斯卡”颁奖盛宴。网上在对毕业典礼的排名投票中，满分是 10 分，网友给帝国理工毕业典礼打出的分数是 11 分。帝国理工毕业典礼通常会放在皇家阿尔伯特音乐厅，这里本身是一个令人惊叹的建筑，女王也是这里的常客。围观帝国理工 2019 年的毕业典礼，那样的阵势简直快赶上“奥斯卡”颁奖典礼了，学生不仅有红毯可以走，还有专属的大屏幕高清直播画面，乐队现场伴奏，每一个人都享受着属于自己的高光时刻。

去帝国理工的第一年，我们就知道有这么一场“奥斯卡”一样的毕业典礼，毕业典礼会邀请家长参加，禾同学就计划着带我们去英格兰高地游一圈。但是这场盼望四年的“奥斯卡”毕业典礼，在一场突来的疫情中没有了，很多安排不得不临时调整，包括原来的学业计划。禾同学带我去看英格兰高地，也去不成了。没有告别，禾同学的本科就这么毕业了。去年离开学校宿舍，行李都没有收拾，这几天，快运过来的纸箱行李箱，陆陆续续运到了，花了一万多元运费，主要是电脑啊、相机啊等物品，海运担心受潮，就选了空运。

禾同学帝国理工计算机本科毕业了，就像一条船在海上航行着，本来还有更远的行程，但是突如其来的大风大浪，让我们不得不暂时停靠在某个港湾。

原来禾同学选择的是计算机专业本科和研究生连读，疫情回国后，禾同学觉得似乎要重新思考这个问题。就选择了本科先毕业，再换专业申研。很多计算机本科毕业的同学，不再选择研究生就读，因为这个专业的研究生在读，也基本是在公司实习。很多同学就索性选择了就业。这个专业的工作不难找，有同学去了华为，有的去了字节跳动。按照同学们的说法，就是过上了 996 的码农职业生活。

禾同学研究生想换个专业，比如设计什么的。我有的时候想，对于一个读了理工科的女孩子，同时又喜欢画画、文字、摄影、音乐的女孩子来说，纯粹做码农，是不是有点心不甘。就像我自己当初那个年代，很喜欢文学，多想读汉语言文学，但是为了农转非，只要考上个学校就行，还管什么专业爱好，我只能无数次把自己的喜欢掖在心里。

于是，我们对禾同学毕业了做什么，就没有想法了。我说你考虑一阵子，再去思考想读什么的研究生吧，你想读什么就读什么，想去哪里就去哪里，你自己考虑清楚了。

高一学期，我们迎来了浙江省第一届高考改革，七选三，学考、选考等问题很复杂，家长和孩子们一度手足无措。小禾决意高二离开杭州去上海读国际高中，此后两年，自己一个人高铁往返上海和杭州，选课程、考雅思、写申请、办签证、去面试，等等。大学第一年是香港大学数学专业，还拿了奖学金，我们以为这就是她完满的大学之路了，没有想到第二年她又辛苦经历各种考试、面试，申请了英国 IC 学校的计算机专业，重新开启了不同模式的大学生活。

忙碌的小禾和她的同学们，是没有办法把时间花费在路上和店铺等待的，到了香港和伦敦，她的体重增加了很多，三餐饮食吃得最多的就是肯德基、麦当劳汉堡。

一场疫情，导致回国后的禾同学不得不选择在县城奶奶家，开始了日夜颠倒的学习节奏。每天临近中午起床后，就开始了一天的学习，有的时候要学到凌晨三四点钟。国外的大学，并不是百分百能毕业，大一的时候，转专业的、留级的就有好几个。一段时间，她连下楼吃饭的时间都没有，头发也掉了不少。她房间的网线啊、电脑啊都是重新布置过的，但毕竟是在家，和学校学习环境氛围完全不一样。几十上百页的作业，考核严苛的演讲项目，一丝不苟不留情面的教授，等等，不仅是她，全家人每天都战战兢兢地提着心。她原来选的是本科和研究生连读，她的同学今年本科毕业后，也有去上海、深圳上班的，开启了 996 高辛（薪）码农生涯。禾同学却对我们说，读过数学和计算机专业了，研究生想换个方向。同时要我们做好她不能毕业的思想准备，学校严进严出，不是百分百学生都能毕业。万一毕不了业，也要我接受一个当售货员、快递员、服务员女儿的现实。

我说怎样都可以吧，她所学习的院子里，每天有一只流浪猫来找她，还笑眯眯地带兄弟们来蹭香肠。连流浪猫都笑得那么开心，一两场考试又算什么呢？人生各有未来和方向，道阻且长，谁知道，中考也好，高考也罢，就是决定人生的唯一吗？人生是一场马拉松，处处是考试，哪里有设限的中考、高考呢？

美国诗人弗罗斯特在《未选择的路》中这样说：“树林中出现了岔开的两条路，我选择了少有人光顾的那一条，踏上了与众不同的旅途。”

米从大地来

壹

百岁是我的老家，原来是一个乡，后来拆乡并镇，先是并入毕浦，后来并入瑶琳，百岁就成了一个小小的村。山与山之间相拥紧密，路与路之间蜿蜒曲折，人与人之间因为多从事快递业分散全国，怀念多于相见。

白水属于百江镇的一个村，和百岁一山之隔，却已然天地之别。这里山和山之间开阔疏朗，水与水之间百江汇流，人与人之间绵延相承着钟灵毓秀，有宁死不屈的御史陈应斗，保家卫国千夫长的陈日卿，开国将军叶长庚，等等。

“喜看稻菽千重浪，遍地英雄下夕烟。”时光正是初秋，辛丑年百江镇举办的稻田艺术节，迎来了一群全国文学界重量级的客人，广西文学杂志社和散文选刊杂志社联合举办“重返故乡”的活动，每年选择一个作家的故乡，组织一群作家去看看，今年选择的是桐庐百江镇白水村的著名作家、鲁迅文学奖得主陆春祥的家乡。

艺术节的会场安排在一片金黄的稻田里，空气里氤氲着浓郁醇厚的稻香。主持人请陆老师上台讲几句，陆老师开口问的是：“米从哪里来？我们现在已经很少有人知道米是怎么来的，包括从农村长大的孩子。幼儿园的孩子甚至会说，米就是从商店里用钱买来的。300 多年前，明代科学家宋应星很详细地告诉我们，从稻种长成米粒，一般要经过七个大大小小的灾难。从种子入仓、撒播开始，要经历鸟灾、成活、虫灾、鬼火烧禾、水灾、狂风、阴雨等七个灾难，稻种一关一关顽强闯过来了，米才生产得出来。”

陆老师曾在《中国经济时报》上发过一篇文章《米是从商店里花钱买来的吗》。此刻微凉的风拂过山冈和田野，带来四面八方的温情，拂得一旁稻草人也沙沙作响，似乎在窃窃私语着这秋日的秘密。

陆春祥是我老师，是正儿八经的高一到高三的语文老师，还当过一年班主任，我们这届学生，是他大学毕业从教后带的第一届高一到高三的学生。

多少年以后，当同学们回想起初次见到陆老师的开学当天，大家依然对这个颜如皎皎明月、形如杨柳拂风的老师充满了敬畏，第一天和学生见面的陆老师穿了一件鹅黄的衬衫。我们的学校叫作毕浦中学，人们习惯性地把它叫作“美院”，这里曾经是浙江美院的旧址。学校地处偏僻，几乎所有学生都是来自农村。在那个衣服都是黑蓝灰、中山装的年代，大家哪里见过穿鹅黄色衬衫的老师。老师的不苟言笑、飘逸不俗，和未过多久显现别具一格的教学风格，让我们的语文课很快在全校独树一帜。上课前同学轮流上台演讲三分钟，讲什么，怎么讲，可以海阔天空。台上三分钟，台下一月功，不少同学为了这短短三分钟，选切口找资料，可没少跑阅览室和花精力。还有一个重要的创新教学是每个人、每一周要交一篇周记。何谓周记，就是比作文更长的文章，内容、体裁、字数不限，周记写得好的同学，作品可以贴在走廊上供大家学习点评，接受膜拜。高二那年，我在周记上写了一篇小说《老D大M中S与小R》，投给县文联主办的杂志《桐叶》后，没想到小说很快就发表了，还获得县文联小说创作奖。主编施莉萌专门到学校给我送来了一笔当时在我眼里不菲的稿费，鼓励我多写作品。

中学时代的我是孤独灰暗和自卑的，在那个考不上大学就转不了户口改变不了命运的年代，阅读课外书成了奢侈和禁止，像是现在家长禁止孩子玩游戏。我经常躲在被窝里打着手电筒看琼瑶小说，周末自行车骑行在崎岖的山路上，忍着饥饿和疲惫，满脑子幻想着《简·爱》和《飘》。每天的语文课和每周一篇周记，成了我最期盼的美好时光和信心支撑。

学校经常会停电，每天晚上会有晚自习。我们每个人都学会了做煤油灯。墨水瓶盖上打个孔，剪下牙膏上面有铝的一段，围成一截，接在墨水瓶盖上，把煤油芯子穿进去，装上煤油，就成了煤油灯了。煤油灯下看书，时间长了，大家的鼻孔下面都是黑黑的，用手一擦，就像大花猫一样，颇为滑稽。我们虽然穿着打着补丁的衣服，背着碎花书包，拎着霉干菜榨菜皮和长虫子的早稻米，但每个人都抱有很大的志向，都有很大的理想。有的要上北大、清华，有的要破解哥德巴赫的猜想，有的要学习陈景润，有的要学习茅以升造桥。医生、教师是肯定要当的，我同桌的理想是成为银行家，天天数钞票。我们几个作文写得比较好的，受陆老师一鼓励，定的理想是当作家，专业的估计干不了，就设定做个业余的。每个人都有座右铭，不都学鲁迅在桌子上刻着一个“早”字，我在我的日记本上写下这样的话：“为了一个遥远而伟大的目标，我愿一辈子走过九曲桥。”

有些人走着走着，理想宛如天边的冷月，而坚韧的松柏，却扎根在青石和悬崖中。高中的时候，陆老师就让我们用卡片摘抄名言名句，这个习惯，他一直保持了几十年。在桐庐书院里，现在还陈列着陆老师的几十万张摘抄卡。

1986 年，是陆老师教我们的第二个年头。那年，他买了一本缩印本的《辞海》，在扉页上，他写着：“生命的全部意义，在于创造有价值的东西留给社会。”

鲜衣怒马少年时，不负韶华行且知。在三十年同学会上，陆老师在现场吹了一曲萨克斯《少年壮志不言愁》。年少不知曲中意，再听已是曲中人。时光荏苒，我们曾经都是有梦想的人，只不过，有的人梦想已被现实消耗，有的人尽最大努力把梦想照进现实。

贰

“人一能之，己百之；人十能之，己千之。果能此道矣，虽愚必明，虽柔必强。”这句出自《礼记·中庸》里的话译文是：别人一遍能做到的，我做一百遍；别人十遍能做到的，我做一千遍。果真能这样做，即使是愚笨的人也一定变得聪明，即使是柔弱的人也一定变得坚强。

“重返故乡”一行来到桐庐分水高级中学时，正是重阳节。这所被大家习惯称为五云山的学校，现在还存有“唐状元施东斋先生读书处”“洗砚池”两块残碑，学校在 2019 年就出了两位院士校友，中国水稻研究社的胡培松和美国艺术与科学学院院士冯国平。现在，她又在款款深情中，迎来了这所学校的重量级校友“鲁迅文学奖”得主陆春祥。

五云山上，晨钟暮鼓，随风远播。教学楼旁有一株千年古樟，虬枝参天，福泽学子。回归母校的陆老师似乎又回到了三十多年前的讲台，对着台下一张张青春稚嫩的面孔，他援引爱因斯坦的一句话“人与人的差距，在业余时间”，希望孩子们的未来，就像此次捐赠的新书《九万里风》一样，八千里路云和月，九万里风鹏正举。

“古之学者必有师，师者，所以传道受业解惑也。”当年，陆老师让我们背《师说》的时候，我们还是青葱少年。现在，我们的孩子喊陆老师为师爷了。我一个分水的同学叫吴永强，现在还保留着一封陆老师给他儿子的信：

孟举同学，你一定很惊讶怎么会有一封来自《杭州日报》的信。我是陆春祥，是你爸爸高中时期的语文教师。你爸前几天给我来信，深情回忆起我们度过的快乐时光，我很高兴，他还能清楚地记得三十年前的情景。你爸在心中，为拥有你这样优秀的儿子而自豪，你在学校的各项表现都让他满意，我也很高兴，学生的下一代在健康成长。但同时，你爸在信中也流露出一种担心，你的语文成绩并不十分理想，恐怕高考时会拖后腿。对语文这个问题，我是这么看的，语文重在平时，重在积累，重在坚持。一个聪明的孩子，没有理由学不好语文，你只是目前对它不是很感兴趣罢了。从各门功课的平衡来说，赢都是赢在细节。而输呢，却都输在格局上。所以，语文如果短板，将会严重影响你的平衡。木桶理论告诉我们，一个木桶的容水量，不取决于桶壁上那块最长的木板，而取决于最短的那块木板，要使木桶能装更多的水，就要设法改变这块木板的现状。你是聪明的孩子，相信已明白“木桶原理”，而只要现在开始重视，永远来得及。即便你考上了心仪的大学，以后仍然有长长的人生路要走，而语文就是走向成功的工具之一。我们没有理由不重视语文。

——陆春祥书于2014年3月17日下午

不积跬步，无以至千里。不积小流，无以成江海。当年在课堂上，少年的我们曾经像和尚念经一样不明就里，痛定思痛之后才发现，岁月真的不欺我。

10多年前，陆老师弟弟毛夏云在萧山当镇长，这是一个农业大镇，陆老师带我们几个同事去田里拔萝卜、青菜，那个青菜水灵灵的“灵魂儿还在”。我和毛镇长说起陆老师写作种种，毛镇长说：“不能向陆老师学的，这不是常人能做的事情，没有一定的毅力，是坚持不下来的。”每天早上五点多，陆老师开始起来阅读，两天的双休，他把它截成六个时间段，上午、下午、晚上，写作，阅读，锻炼，休闲，每个时间段都充分运用。来杭州 20 多年了，他几乎没有好好逛过西湖。他像一个织女，把碎片化的时间，融进自己的思想和睿智，播下霓裳的种子，织成了袖中锦、字字锦，大鹏一日同风起，扶摇直上九万里。

叁

富春江畔富春山，古往今来皆文章。凡是来桐庐的文人墨客，自然少不了去严子陵钓台。大家坐着船溯流而上，“昭昭严子陵，垂钓沧波间。身将客星隐，心与浮云闲”，彼时江波浩渺，云雾蒙蒙。这风烟俱净、天山共色的富春江，云山苍苍、江水泱泱的先生之风，始终是陆老师思想的精神标杆。大奇山的陆春祥书院，进门照壁上就有这样四句诗：“富春山下富春江，富春江对富春山。高山流水择邻地，我在庄里写文章。”

有人说，一个十年不换手机号码的人是靠谱的。陆老师的手机号码 20 多年没有更换，他的微信称呼是陆布衣，头像一直是一个小和尚静心打坐，背景是“静坐常思己过，闲谈莫论人非”。

陆老师非但是我高中老师，也是我 20 多年来在媒体工作上的领导，无论做采编还是经营，纵使忙得像陀螺，他总是按照自己的节奏学习和思考："人与人的差别在八小时之外，你们始终要多做少说。"

时光是一台过滤器，当我在鸡零狗碎浑浑噩噩中沉溺，在粗粝幽暗的隧道里不明所以，空让岁月和时间滴滴答答漏走的时候，陆老师却像一个经验老到的渔夫，精准地掐住时间咽喉，骑在了鲸鱼背上。他在回答上海《生活周刊》采访时候说道：对阅读，我一直饥渴，牛饮。我比较偏爱古典文学、哲学、历史。我一直说，我的写作，是阅读的结果，阅读经典，阅读大地，阅读人生。实事求是说，我的"笔记新说"系列写作，重要环节还是阅读，这些历代笔记，需要静下心来，一字一句地品。《字字锦》扉页里有两个短句："精神是智慧的池塘，虚壹而静。"我想传递的意思很明确：虚心专一，放空内心，达到宁静，就会产生无穷的智慧。这些年，我一直在历代笔记的经典中穿行，从汉魏六朝，一直到唐宋元明清，如果按笔记的卷数粗略算算，应该不会少于三千卷。我一般利用早起的时间阅读，每天一个多小时，无论寒暑，数年不辍。我用的是没有注解的点校本，我不想被别人的解释影响自己的判断，也为了保持阅读的连贯性。唐宋以后的笔记，大部分文字并不艰涩，当然，也有不懂的地方，没有关系，可以不断比较和辨别，还有字典、辞典可以翻呢。每翻一次，也是一次学习的过程，且许多字词都有规律，经常出现，你就熟悉了。边读边点评，不求速度，老牛拖车，读一卷是一卷，每一本读完，再仔细理一遍，从中选出数则有伸展开拓度的章节，记下我的随笔。我把这些笔记，综合分类整理，按主题出版，就成了系列。《字字锦》从十二部经典笔记展开;《笔记中的动物》着眼于动物、人、自然和社会的关联;《笔记的笔记》《太平里的广记》是精华条目式的;《袖中锦》侧重话题的打通;刚刚出版的《夷坚志新说》,则从断代角度解读;已经在二校的《云中锦》,侧重于笔记作家的人生经历及他们的重要作品。

当我在同学群里分享陆老师这段文字时，我们大家的内心是震撼的。回想老师经常对我们讲的两个成语，方明白其中深意。一是“功不唐捐”，世界上的所有功德与努力，都是不会白白付出的，必然是有回报的；二是“玉汝于成”，像打磨璞玉一样磨炼你，使你成功。

这几日，陆老师刚从北京开完第十一次全国文代会、第十次全国作代会回来，他畅谈了自己今后的设想:在接下来较长的时间里，我将回到家乡桐庐，以自身创作引领当地作家，邀请全国著名作家来桐庐讴歌故乡的山水人文，设立少年文学院，培养故乡的文学苗子,组织策划开展“长三角青少年散文大赛”，等等。故乡是我情感的源头和精神的籍贯，她会给我巨大无穷的力量。总书记的讲话，使我更加有信心。我们的写作，只有立足现实，融入火热的生活，才能出人民喜爱的好作品，也才能赢得一个作家的尊严。

陆老师喜食桐庐菜，进店不用看菜单，随便报就是心头好:小笋炒腌菜，红烧石斑鱼，萝卜丝锅仔，酒酿馒头夹肉，等等。他向往的是马克思设想的一种生活:“上午种田，下午钓鱼，晚上看哲学。劳动，休闲，读书写作，我觉得，只有在富春山下的富春庄才有实现这种理想的可能。”我很怀疑这个设想的背后，是陆老师还没有说出来的，实现在富春江畔吃江鱼的自由。

我老师还是我老师。一日为师，终生为师。

“美院”有朵火烧云

每到夏天，当天际绽放一朵朵绚烂的云彩时，我就会想起“美院”上空的火烧云。

在此说的美院，是我的中学母校桐庐毕浦中学。20 世纪 70 年代，浙江美术学院（现中国美院）为更好地和工农结合，特地选择在这里办学。美院搬走后，这里成了一所县属中学，因地处毕浦公社，当地一直沿用原来称呼叫它“美院”。

毕浦中学曾经是桐庐县最好的初中，当年我考入初一时，是全校年龄最小、个子最矮的学生，豆芽一般又黄又瘦。全校开设初高中，住宿制，食堂只给老师供应菜肴，不供应给学生。我们要带足一周的米和菜，粮店买的米是早稻米，常长虫子，家里带的菜基本上是霉干菜、榨菜皮、萝卜条。学校经常停电，我们每个人都学会了做煤油灯。墨水瓶盖上钻个孔，剪下牙膏上面有铝的一段，围成一截，接在墨水瓶盖上，把煤油芯子穿进去，装进煤油，就成煤油灯了。晚自习在煤油灯下看书，时间长了，大家的鼻孔下面都是黑不溜秋的，用手一擦，就像大花猫一样滑稽。

宿舍前后两幢，男女分开，是古典的红砖墙，每个宿舍有八个高低铺。不要说热水，即使是冬天，大部分同学也是没有垫被的，还是一床草席、一床被子。冬季似乎特别漫长，寒冷彻骨，大家都长冻疮，躲在被窝里簌簌发抖，被子半边盖半边垫，到天亮了脚还是冷的。每天六点多起床铃声一响，同学们就在哨子声中到操场集合晨跑，以班级为方阵，校长、老师亲自带队，“一二一，一二一，一，二，三，四！”号子响彻云霄。

晚自修熄灯后，我们在宿舍黑灯瞎火讲故事，《西游记》《红楼梦》什么的。有一次，我模仿孙悟空腾云驾雾，一个跟斗没有把控好，从上铺直愣愣地头朝下摔到水泥地上。同学和老师背着我，连夜送到当地的卫生院，痛归痛，但是想着生病了终于有苹果吃了，内心里不免暗暗高兴，直到同学一摸我额头说：“哎呀，不好了，骨头凸出来了。”我一听，才害怕地哭了。

一天，上铺的女同学伊里哇啦鬼叫一样，她的床上蠕动着一只小拇指般大的老鼠。我仔细一看，她的铺位上方有个洞，我手小，伸进去一掏，结果噼里啪啦掉出来七八只粉嘟嘟刚生下的老鼠，吱吱叫着还没有睁眼呢。

学校的老师是有菜供应的，有个长得蛮好看的女老师是杭州来的，烫着头发，穿着高跟鞋，袅袅婷婷拎着一个精致的小竹篮，里面放着青菜、稀饭、油条什么的。我们瞪着一双贼溜溜的眼睛，齐刷刷盯着那根油条。老师昂首挺胸，很神气地蹬蹬蹬踩着台阶走上来。突然，她的高跟鞋鞋后跟掉了下来，我们和老师一时都傻傻地愣在那里，不知所措。

我初一的班主任是一个城里来的代课老师，叫徐勤，教我们数学。有一次不知道什么事情要我写检讨书，结果徐老师非但没有批评我，还把我表扬了一番，我的检讨书被当成美文在班里传阅。徐老师临走前送了我一本《宋词一百首》，扉页上写着鼓励我的话，现在的徐勤老师是学军中学的名师，说还留着我当年的检讨书，等我有出息了再给我。

我们高中的语文老师，叫作陆春祥，鲁迅文学奖得主、中国散文学会副会长、浙江省作协副主席，已出散文随笔集三十余种，说起来是著作等身了。我们这届学生，是他大学毕业从教后带的第一届高一到高三的学生，还当过我们一年班主任。陆老师别具一格的教学风格，让我们的语文成绩在全校甚至全县都独树一帜。上课前同学轮流上台演讲三分钟，台上三分钟，台下一月功，不少同学为了这短短三分钟，没少找资料跑阅览室。还有一个重要的创新教学是每个人、每一周要交一篇周记。内容、体裁、字数不限，周记写得好的同学，作品可以贴在走廊上供大家学习鉴赏。

最有意思的是孙衡，是我们的高中英语老师。除了上课，就是种菜、捡废纸、养鸡养鸭。一件蓝布衫，一顶大草帽，一双土布鞋，胖胖的身躯，孙老师留在大家印象中的就是那样一副场景，如果用老树的画风来描绘，就是这样:蓝蓝的天上白云飘，白云下面鸡鸭跑。鸭儿嘎嘎拍翅膀，鸡儿嗒嗒飞树上。我挑粪桶浇青菜，你说臭来我说香。

孙老师平素沉默寡言，圆圆的脸上似乎藏了很多愁苦。门牙缺了一颗，说中文的时候有点漏风，常把我的名字叫作“抽水瓶”，说起英文的时候，却是一口地道的伦敦腔。

每天早上太阳爬上山冈，孙老师宿舍里那台收音机就开始响起来，好像是一台黑色春蕾半导体收音机，孙老师用它来收听英国 BBC、美国之音等熟悉英语听力，一边听着电台，一边在菜地上忙活。孙老师的宿舍在一楼最后一间，靠近一个小山坡。学校的厕所建在山坡上。每次经过孙老师窗口，大家都不由自主加快步伐，甚至掩鼻而过，窗台上总是晒着一片白白的米粒，酸馊味扑面而来。食堂里的剩菜剩饭（那个年代本来就不多，食堂还养了一头猪，年底每个学生能分到一块红烧肉），有部分是孙老师打理的，用于养鸡养鸭，鸡鸭吃不完，他就会将剩饭剩菜洗净晾干放在窗台上。

在“美院”，孙老师是个传奇般的人物，关于他的传闻，一直很神秘地在校园里飘来飘去。孙老师年轻时候是大户人家的少爷，毕业于西南联大，特殊年代被评了个“右派”，他不服写了篇文章发表在国外，结果被戴了个“反革命”帽子，送新疆去改造了 20 年。但是谁也不敢多问，因为孙老师脾气不大好，经常会劈头盖脸的一通大嗓门，让被骂的人领略到什么叫闻风丧胆。传说一次新校长刚来不久，校长夫人见有菜地空着，就寻摸着去种点菜。结果招来了孙老师滚雷般的声音：“啊！你怎么可以抢我土地呢？你是新中国的黄世仁啊！”吓得校长夫人花容失色，丢下菜刀狼狈逃窜。

校园里的废纸是归孙老师捡的，这一不成文的规定也是他

“霸”来的。有一次，一位拾荒老汉进入校园，结果撞上了同样背着一只编织袋捡废纸的孙老师。两军交战，孙老师金刚般怒目圆睁，边骂边撵，一直把老汉撵到了学校大门口，从此，校外拾荒者再也不敢踏足这方领地了。

捡来的废报纸和纸板箱，孙老师分门别类，完整一点的卖到废品收购站，卖不出去的废纸屑就用来养蚯蚓。他像科学家一样，为自己研发的这套生态养殖理论得意扬扬："我拣废纸养蚯蚓，蚯蚓养大给鸭吃，鸭生鸭蛋给我吃。"

徐勤老师回忆，孙老师也不是那么不近人情，也会主动和老师搭讪。一边赤膊在水池边擦洗身子，一边眯着眼睛憨憨地说："我年纪大了，要经常动动了，种种菜，养养鸡鸭。"话语中充满歉意，是因为刚给菜园地浇完粪肥，空气中飘荡着浓浓的粪味。

但是孙老师从来不骂学生和鸡鸭。孙老师常在他的菜园地边，拿着一个小脸盆招呼他的鸡鸭，眼睛眯成一条线，两片丰厚的嘴唇微微开启，胖胖的身子向后倾斜，脸上有种忸怩和含情脉脉："哒哒哒，哒哒哒"，像是母亲叫唤着归家的孩子。

孙老师的身份是高中代课老师，收入不高，1981 年的时候一个月是 36 元。他用卖废纸攒的钱，设立了一个英语"孙氏奖学金"，奖励给每个班级英语成绩第一的学生。每年学校大会上，有一个环节，是孙老师亲手颁发"孙氏奖学金"和奖状。那一刻，孙老师总是穿戴很正式，两脚并拢，眼神里焕发出最温柔而亲切的光。

毕浦中学地处偏僻，常被大家自嘲为鸟不拉屎之地，这里几乎都是农村来的孩子。同学们吃的饭是长虫子的早稻米，一日三餐是黑乎乎、冷冰冰的霉干菜，不过大家都很拼。就是在那样的环境下，“美院”这批农村来的学生英语在全县都是顶呱呱的。每一届高考学生，不少都能进英语专业，甚至一些闪闪发光的名校，如北京外国语学院、北大外语系、国际关系学院等。我们1988届一个同学，初中时候英语基本没有学过，高中才开始对英语发力，再加上孙老师的最强大脑点拨，当年考上了解放军对外关系学院英语专业，高考100分的英语卷子，他考了89分，现在已经是大校了。1991届考生中，英语专业就有六个，四个师范类，现在还有三个在英语教学岗位上。

孙老师的英语课自有他的一套教学模式，讲单词、课文时会对重点或常考的知识点反复叮嘱。为了提高大家的英语听说能力，除了课堂朗读示范外，还会组织大家到老师办公室或他这里听英语磁带。记得有次磁带里讲的英语故事里有头驴，驴的英语单词donkey，孙老师中气十足，手脚并用讲解，大老远都能听到呢。

浙江大学毕业的童亮华回忆，高二那年杭州市举办了一场英语竞赛，每个学校派三个学生参加。同学们第一次去县城，比赛的场地在进修学校，学校老师们看见孙老师，都恭敬站起来和他打招呼，原来都是他的学生。考试题目形式有点新颖，知识点还是不变的。不久后比赛结果出来了，毕浦中学得了二等奖，桐庐中学也有一个二等奖，这是桐庐县最好的成绩了。孙老师呵呵咧嘴笑着，一颗门牙不关风，像是打赢了一场以少胜多的战斗一样。

有一次，一个同学在离学校几里地的村口，远远看见从公路上开来一辆摩托车，“呜呜呜”的速度还挺快，驶近了，仔细一看这不是孙老头么，没有戴头盔，迎着风，眯着眼，嘟着嘴，朝着学校的方向绝尘而去。这骑车的潇洒和派头，完美诠释了当年流行的那句“踏上轻骑，马到成功”的摩托车广告词。

不仅骑摩托拉风，孙老师的恋爱其实也很拉风。有一次，他在公交车上遇见了自己的初恋，是一个卖茶叶蛋的老太婆，他跑过去搭讪，对方没有认出他，把他当花痴训斥了一番。后来，孙老师在花甲之年和卖茶叶蛋的初恋结婚了。初恋据说年轻时候也是个传奇人物，打过游击，能双手开枪，人称双枪老太婆。

高三毕业考后马上就是热浪滚滚的高考，高考前班里组织了毕业晚会。会上，孙老师声情并茂给大家唱了一首英语歌，是《毕业生》电影里面的插曲《斯卡布罗集市》:“您要去斯卡布罗集市吗？香芹，鼠尾草，迷迭香和百里香，代我向那儿的一位姑娘问好，她曾经是我的爱人，叫她替我做件麻布衣衫，上面不用缝口，也不用针线，她就会是我真正的爱人……”

夏季总是留有最多的青春回忆，毕业、高考和在蝉鸣中别离。美院教室外面的山坡上，当年我们栽下的树苗，如今都已郁郁葱葱、亭亭如盖。微风过处，它们和我们一样，总喜欢抬头看美院上空那些火烧云。孙老师已经离开大家很多年了，不知道他在那边怎么样。天空那么蓝那么美，云儿飘来飘去，这些白云一会儿聚一会儿离，一会儿又变成孙老师养的鸡、养的鸭。孙老师眼睛眯成一条缝，快乐而温柔地招呼它们:“哒哒哒，哒哒哒——”

“财主家”的小火锅

前几天，同事的孩子参加香港中文大学的网上面试，英语作文题目是“拯救地球”。我笑了。记得我家何同学读初一时，我问她班里同学们的人生目标是什么？她头也不抬回答：“拯救地球！”从初一到现在，时光过去了12年，大家一直在拯救地球。

多年以后，我们这群家长仍然记得2014年初夏的那场中考，考点设在朝晖中学，家长们早早到考场列队助威。报纸上刊登了当天的中考新闻，照片上的横幅霸气十足，正是我们班级做的“启正八班，猛虎下山”。

孩子们是启正中学2011级八班学生，班主任姓陈，学生们都亲昵地叫他阿福老师。十几岁的初中孩子，正是打打闹闹的青春叛逆期，小何叫她后排一个男生“如花”。老师说同学们不能随便取绰号的，那个男生说：“我喜欢如花，他是彩色的。”

每次老师说你们觉得自己不偏科的举手，如花把手举得高高的：“我不偏科，我每门功课都是及格或不及格。”老师说你们觉得成绩很稳定的举手，如花把手举得高高的：“我每次在班里不是倒数第一，就是倒数第二，成绩很稳定。”如花学习成绩虽然略逊，但是性格很好，父亲是大学音乐老师，如花钢琴弹得非常棒。每次音乐课钢琴伴奏，他先在台上很绅士地向大家一鞠躬，然后微微眯着眼进入节奏。那个时候，如花就是全场的王。

一次语文老师要大家根据 26 个字母，各选一个字母造句。轮到坐在后面的一个女孩，字母选得差不多了。女孩沉思了一下，说选“P”，上台一鞠躬，开口说:“青春是个屁，一放就没了。”

“太阳下山明天依旧爬上来，花儿谢了明天还是一样开，美丽的小鸟飞去无影踪，我的青春小鸟一去不回来。”但是我们八班的一些家长，从孩子读初一到现在，我们还是在一个群里，而且还常常聚在一起，吃“海底捞”、烤“淄博烧烤”。

散如漫天星，聚如一团火。大家能十多年在一起的原因，除了彼此惺惺相惜、“一丘之貉”之外，很大程度上是因为这个群里有“财主”，而且财主家里有小火锅。

班里有个严同学，当时住在城东，被我们称为财主。四层楼的独栋别墅，院子宽大，吵吵闹闹不影响别的住户，财主还非常好客。一邀请大家，我们就积极响应，而且倒催着执行。期末考、模拟考，大家总担心、总焦虑的吧，吃个小火锅释放一下压力。元旦啊、五四青年节啊、六一儿童节的，总要有个仪式感传递个祝福吧，这些都是要通过吃吃喝喝来表达的。

铺开小长桌，排排坐，分果果，一人一个小火锅。牛肉、羊肉、鸡、鸭、螃蟹、虾滑一溜铺开，红酒、白酒、黄酒、黑啤四中全会。海底捞和淄博烧烤，估计在财主家的火锅面前，怕也是花容失色黯然销魂。原来的海底捞还有美甲等服务项目，我们一边吃着小火锅，严同学在楼上为我们弹着钢琴唱着歌，真是嚣张得很。

何同学说：“我觉得你们家长都很无聊，总聚一起喝酒，焦虑啊，祝福啊，加油啊，是我们考试，又不是你们考试，你们焦虑什么呢？”我说：“我们愿意做一个坐在路边鼓掌的人。”“真是一群幼稚的家长。”

不要说是文化考试，就是体育考试，我们也是要焦虑，要喝个酒、压个惊的呀，尤其我家这个体育一直是弱项的。举个例子，在外面训练的时候，老师在终点一按表，说好的好的，大家都到了，多少时间什么的。我说：“老师你看，转弯的地方，还有一个人跑着呢。”体育老师说，要不你们申请免考吧，现在的分数和免考差不多啊。什么话，人生岂能轻言放弃呢？再说，有我们小火锅火上加油，说不定能创造奇迹不是。

班里一个女孩子，姓杨，成绩好体育也好，带跑特别稳。杨爸是医院的，中考体育前，我们家长喝了一顿大酒，把杨爸喝得压力很大："弄得好像我要去带队跑步一样。”那次八班女孩子800米体育中考，竟然全班成绩都过了。喜报传来，我们趴在墙头探头探脑的家长们，激动得差点掉下来。

记得毕业典礼是在胜利剧院，财主叫了一辆货车，把严同学的钢琴搬到了剧院。那天，看着严同学穿着西装弹起钢琴，叶班长身着白裙弹着古筝，合作的曲目是《十面埋伏》。真的是鲜衣怒马，韶华翩翩，青春多美好啊，我们家长看得热泪盈眶。诗人塞缪尔·厄尔曼在《青春》中写着："青春不是年华，而是心境;青春不是桃面、丹唇、柔膝，而是深沉的意志，恢宏的想象，炙热的情感;青春是生命的深泉在涌流。”

人生犹如长跑，当年中考横幅所写的八个字真好啊，“启正八班，猛虎下山”，恰应对了英国诗人西格里夫代表作篇名《于我，过去，现在以及未来》。当年启正八班的很多学生，现在分布于不同学校不同岗位和领域，心有猛虎，细嗅蔷薇，灿烂而美丽。严同学学医，去年考取了浙大的研究生。王同学叶班长从耶鲁、芝加哥大学研究生毕业后，现在都在美国工作;安妮同学在瑞士苏黎世联邦理工大学本硕连读，还有进入自己心爱的南京大学的胡同学，原来一个假小子从国外回来在复旦读研的颜同学。

何同学本科毕业后没有选择计算机硕士连读，而是参加了国内研究生的考试，目前在中国美院读研。如花现在也很好，听说在澳大利亚做自由摄影师，充满了艺术家的气质和风范。

严财主家现在不住城东了，搬到了闲林的别墅，随着一起搬家过去的，还有我们大家的小火锅。小火锅在哪儿，我们在哪儿，我们这群家长也跟着到新房子，吃着火锅唱着歌，喜欢一首歌《我》，歌词是这样的："我就是我，是颜色不一样的烟火，天空海阔，要做最坚强的泡沫；我喜欢我，让蔷薇开出一种结果，孤独的沙漠里，一样盛放的赤裸裸。"

天空海阔，你们，终究是不一样的烟火。说好了，青春不散伙，我们不散锅。

龙舟下水划呀划

端午节的习俗，一直来似乎没变过。宋朝的《东京梦华录》里写着端午节的物品和现在几乎一致：百索、艾花、银样鼓儿、花花巧画扇、香糖果子、粽子、白团、紫苏、菖蒲、木瓜。切得细细的，香药和了，用梅红匣子盛裹。街上卖桃、柳、葵花、蒲叶、佛道艾等，次日家家铺陈于门首，与粽子、五色水团、茶酒供养，又钉艾人于门上。苏轼《浣溪沙·端午》词云："轻汗微微透碧纨，明朝端午浴芳兰。流香涨腻满晴川。彩线轻缠红玉臂，小符斜挂绿云鬟。佳人相见一千年。"

只是赛龙舟，并不是端午。宋代的寒食节在祭祀祖先的时候，也是一个踏青赏春、歌韵鼓乐的日子。西湖上会举行赛龙舟活动，现场笙歌鼎沸，鼓吹喧天，场面十分热闹壮观，官府还亲自出来压阵。《梦粱录》有记载："车马往来繁盛，填塞都门。宴于郊者，则就名园、芳圃、奇花异木之处；宴于湖者，则彩舟画舫，款款撑驾，随处行乐。此日又有龙舟可观，都人不论贫富，倾城而出，笙歌鼎沸，鼓吹喧天。虽东京金明池未必如此之佳。”

杭州的西湖画舫尽开，苏堤游人，来往如蚁。“其日，龙舟六只，戏于湖中。其舟俱装十太尉、七圣、二郎神、神鬼、快行、锦体浪子、黄胖，杂以鲜色旗伞、花篮、闹竿、鼓吹之类。其余皆簪大花、卷脚帽子、红绿戏衫，执棹行舟，戏游波中。帅守出城，往一清堂弹压。其龙舟俱呈参州府，令立标竿于湖中，挂其锦彩、银碗、官楮，犒龙舟，快捷者赏之。”

到了清代，西湖上每逢端午都要赛龙舟，从五月初一开始，一直到五月初十，可谓龙舟竞渡的嘉年华。此时，距离杭州 8 小时时差的英国，牛津大学和剑桥大学的划船队正热火朝天在河面上一决胜负。

最初，是源自两个好朋友的提议，一个是牛津的，另一个是剑桥的，两人提议两所大学在划船运动上一比高低。学校竟然同意了学生的提议，于 1829 年进行了第一次划船比赛。刚开始的二十几年，比赛并不是每年都有，直到 1856 年，才成为年赛，比赛地点也转到伦敦的泰晤士河上。传统的习俗是输了的一方挑战赢家，下一年再来比试一场，像是打擂台一样。2023 年牛津、剑桥划船比赛是在宽阔的泰晤士河面上举行的第 168 届男子划船比赛和第 77 届女子划船比赛。一共只有 6 公里的赛道，吸引来了 30 万的观众加油呐喊。比赛当天，BBC 等各大广播、电视台同步直播，可谓是春季的隆重盛会。

别看江南人柔弱，但是杭州人对体育的热情是一直亘古贯之的。不知梅西知道不知道，我们宋朝就有了高尔夫和足球。

高尔夫运动那个时候叫作“捶丸”，宋徽宗青睐有加。《丸经》里面有记录：“天朗气清，惠风和畅，沃饱之余，心无所碍，取择良友三三五五，于园林清胜之处，依法锤击。”足球，在宋朝被称为“蹴鞠”，是风靡全国的运动。蹴鞠是空心皮质的，一群人围着踢球，球不能落地，持续时间越长，就代表踢球技术越高。

远的不论，单说我们集团，虽说男女比例一直失调，而且我们单位掰手腕比赛第一名的大力士，到了市某个系统，勉强算是第27名。但我们对体育的认识一直高屋建瓴，群众基础好、热情高。每隔两年举办的集团运动会，大家总是欢呼雀跃，同时又提心吊胆。既担心它不来，又担心它乱来。每到这个时候，总是会引发一些争端，一下子说，拔河有人踩了绳子尾巴，一下子说，羽毛球赛队员撞破了头。领导总要在开幕式上强调，年轻人要讲武德，友谊第一，比赛第二。

我们连续三届篮球赛，都是集团冠军。孙子兵法说的：上兵伐谋，其次伐交，其次伐兵，其下攻城。我们有个小伙子，大学时期就是篮球特长生，小伙子喜欢上了部门一姑娘，是我们的“报花”。大家对他说，只要你带队拿下冠军，报花就是你的。小伙子天天带着一帮人在球场上练得太阳落山了、鸟儿也睡了，像是备战奥运会一样。决赛时，报社老大就在旁边观战，部门一溜排小姑娘，扭着小蛮腰，身穿小花袄，手拿向日葵，乌啦啦呐喊助威。场上的小伙子们，一个个和打了鸡血一样。

有一年，集团运动会增加了一项划龙舟比赛，每个单位出一艘船，船上12个人，船头要坐一个女的，体重要轻，手劲要大，耐力要好，负责在船头敲鼓，我很幸运地被选中了。

大家一开始在老农大华家池训练，这里号称“小平湖秋月”，杨柳飘拂，水波潋滟，几番在湖上来回，我们仿佛回到了激情燃烧的鲜衣怒马时代。大家激动地定了一个小目标——“保六争三”，第六名打底，进入前三位。

后来，比赛规则有所调整，船头不用压人了，我的任务是做好后勤服务和保障。临近比赛，我给训练的同伴们发红牛，扛矿泉水，看他们每天傍晚信心十足地回来，像是战士打靶把营归一样，雄赳赳气昂昂的。最后几次训练是在西湖上，要给队员们补充营养，安排大家吃张生记的老鸭煲、山外山的大鱼头。几次鸭煲、鱼头下来，我们的口号已经改为“保三争一”，第三名那是杠杠的、必须的，我们的目标是冠军。

见证奇迹的激动人心时刻终于来临了。比赛当天，女孩子们挥着小红旗，送勇士们出征，击掌说好晚上庆功宴上等待凯旋。勇士们穿着崭新的运动服，扛着划船桨，在我们“必胜必胜”的口号中出发了。还有家属代表，抱着孩子也前来送行。有家属说，为了我们这个划船比赛，为了保三争一，集中精力打好这场战斗，他们夫妻都已经分床一个月了。

从傍晚四点钟开始，我们就手捧鲜花，准备了礼花，就是新娘进门放的那种，一直在集团大厅等待勇士们归来。等啊等，四点半到了，不见人影;等啊等，五点钟到了，还是没人。因为手机都不会带上船，我们想，可能冠军颁奖都在最后压轴，多花点时间也是正常的。过了五点半，总算看见他们的面包车回来了。

“哗啦啦”，勇士们一拉开车门，送鲜花的送鲜花，拉礼花的拉礼花，还有人指挥起了《颁奖进行曲》。正得意间，却看见大伙一个个灰头土脸地走出来，蔫不啦唧的，像是丢了魂一样。我们赶紧鼓励：“不是冠军也不要紧的，亚军很不错了，我们到对面酒店吃饭去吧，包厢都订好了。”

领队的翔哥说：“吃啥吃啊，要不是他们硬拉着，我早就投湖喂王八了。”

我说：“能进入前三已经很不错了，国际比赛前三都能升国旗唱国歌呢。”

老吴很激动:“今天太震撼了，那场面那家伙那是相当壮观，红旗飘飘万箭齐发。出发锣鼓当当一响，十艘船像炮弹一样射了出去，真的是东风吹，战鼓擂，你说我们谁怕谁。”

大家说好啊好啊，就是要在气势上压住别人，先发制人快人三步，那我们到底是第几名呢？

“别提了，集团后勤拿了第二名，他们那里有个叫李宇明的，竟然是省级专业运动员出身，玩皮划艇的。你们知道谁第一名么，发行公司，冠军！”

咦，大家只知道他们每天早上送报纸在陆地上跑得快，难道水里也长了飞毛腿？

翔哥长叹：“发行公司这些投递员很多是西湖蒋村来的，每年都参加龙舟赛的。我们还没有划上两桨，他们箭一样到我们前面去了，只看见他们的尾巴哗哗哗地溅起一堆浪花，像鲨鱼一样。什么保六争三，保三争一的，我们第七名，就是倒数第三名啦。”

鹰击长空，鱼翔浅底，万类霜天百舸争流。龙舟下水前，龙头儿要喊，划手要和："龙舟下水划呀划，划得鬼神天地怕；龙舟下水拼命划，划得对手喊干达。划呀划，划得江水开银花；划呀划，划得地上结金瓜……"

告别总是在初夏

有些告别是季节。告别了小满，引来了芒种，告别了芒种，迎来了小暑。民间说：小满晴，麦穗响铃铃；芒种火烧天，夏至雨绵绵;小暑一声雷，倒转做黄梅。

有些告别是谢幕。许多人许多事，如潮水般涌来，又如潮水般退去。说好了似的，每到夏季，我们就会迎来各种告别。

去年这个时候在城北大悦城，看见言几又书店门口排着长队，一开始以为是书店做活动，进去之后，才发现里面一片狼藉，像是逃难般的撤退。书籍乱七八糟堆得到处都是，有封套的没封套的，旅游的，人文的，历史的，文学的，全部散乱无序堆在那里，像是一艘要别离港湾的船，码头上堆着各种凌乱的货物。最后一家言几又书店在大悦城撤退了，意味着言几又在杭州的告别和落幕。

今年夏天，我又经过大悦城，在言几又的书店位置，看到了一场青春的告别演绎。是浙江大学工业设计系的毕业设计展，主题叫作“途中”。海报上用上了杰克·克鲁亚的《在路上》的一段话：“你的道路是什么？孩子的路，疯子的路，五彩的路，浪荡子的路，任何路。那是一条在任何方、给任何人走的任何道路。到底在什么地方，给什么人，怎么走呢？”对于设计学子来说，“途中”意味着循环往复，从来没有终点，只有不断地改进和完善，就像艺术家永远在斟酌画布上的最后一笔。

这个时候，也正是中国美院毕业生的毕业展。第五届之江国际青年艺术周的主题别开生面，叫作“大脑花园”，观展票像是从大脑的时空隧道里，幻发伸展出来了各种奇思妙想。高世名院长在开幕式上这样致辞：我们身处一个人脑和机脑相互模拟、人类智能与人工智能彼此竞争的时代。在这样的一个时代，艺术就是一座连接无数个体的大脑花园，花园中息壤繁盛、鲜花盛开，这里有无穷算力，无限生发。艺术的根本任务是“世界的发现与人的发现”，艺术家的责任是创造，是生发，是为人类拓展出新的身心经验，是创造出无限丰富的可能世界。而这需要我们去探索创造的密码、感觉和逻辑，去打开每个人的大脑花园。

美国诗人弗罗斯特在《未选择的路》中描述：“树林中出现了岔开的两条路，我选择了少有人光顾的那一条，踏上了与众不同的旅途。”

每天我去单位，出了地铁站，要走过一段700多米长花园般的路径。隔壁正是杭高，初夏来临，河岸上的夹竹桃竞相开放，白的白，红的红，一路垂挂在河面上，微风摇曳，美丽向阳。

当夹竹桃开得这么热烈的时候，正是毕业季到来的时节。高考的高考，别离的别离。大家告别了同窗，告别了校园，告别了单纯的年少时代。有的北上，有的南下，有的漂洋过海。昔日桃红，今日柳绿，桃红还是豆蔻年华的校园少年，柳绿已经是走上更宽阔舞台的青年。几个大学毕业的年轻人，在西湖边南山路上，在杨柳依依的桥边，相互吹响别离的笙箫，有的考研，有的工作，自此挥一挥手，作别少年的云彩。

作别少年的云彩啊，西湖边的金柳，是多少人彩虹似的梦。二十四桥明月夜，玉人何处教吹箫。西湖边也多桥，名字都很好听。苏堤和杨公堤各有六座，映波桥、跨虹桥、流金桥、卧龙桥等。白堤上的三座桥，名字就是自带诗歌和别离，断桥不断的断桥，孤山不孤的西泠桥。有桥的地方就多杨柳，有杨柳处多惜别，杨柳是告别的执手，君当折柳，依次送别，今宵酒醒何处，杨柳岸晓风残月。在美丽的湖边桥边，再别的康桥，也成了“满载一船星辉，在星辉斑斓里放歌”。

弘一法师在俗时，有年冬天，大雪纷飞，好友许幻园站在门外喊出李叔同和叶子小姐，说：“叔同兄，我家破产了，咱们后会有期。”说完，挥泪而别。李叔同看着昔日好友远去的背影，在雪里站了很久。随后，李叔同返身回到屋内，让叶子小姐弹琴，他含泪写下：“长亭外，古道边，芳草碧连天……”

李叔同的许多词，都是和柳树与告别有关。有一首《秋柳》是这样写的：“堤边柳，到秋天，叶乱飘，叶落尽，只剩得，细枝条，想当日，绿荫荫，春光好。”

原来，离别也是一种美丽的忧伤。如果你在初夏来到南方的山冈上，你会看到桐花乍放如雪、洁白美丽，那些漫山遍野的白色花瓣，多像我们姗姗而去的青春。乡下的道路上田野里，此刻也正是芳草葳蕤，花香飘摇。那个高考结束后，穿着碎花衣衫的少女，在乡间的道路上，不停地向村口张望，期待有个邮差，能身骑绿色的白马翩翩而来。在溽热的夏天，在蝉鸣的午后，我们在绿树白花的篱笆前，欢喜地挥手告别。

《小城之春》中给人印象最深的一句话，反而是临近结尾时，送行的两个人说："前面还有很多路呢，我们再送你一程。"客人说："就是因为还有很多路，所以就到这儿吧。"是的，因为还有很多路，所以就到这吧。

微风正好，不急不躁，有只夜鹭从我头顶掠过。

第四卷

Chapter 04

花令：花开花谢，云卷云舒，大地上的花，天上飘着的云。不知道是花像云，还是云像了花。

余生欢喜，可抵岁月情长。那些文字，是开在大地上的花，虽然我们相隔千里，却又是那样惺惺相惜、百感交集。那些音乐，是来自脚下泥土胸腔的声音，悲凉呜咽而又坚忍顽强，那正是大地的声音。

大地的声音

对于音乐，我一直深怀敬畏。像我这样在农村里长大，课余时间不是放牛就是赶鸭的，音乐对我来说，就是彻底的奢侈。因为自己不懂，所以对唱歌好的，弹琴妙的，就很是仰慕崇拜。早年大家到卡拉 OK 唱歌，我就特别无所适从。为了显示自己不是个废物，就很积极做点服务工作，给大伙端茶倒水跑腿点歌什么的。但是服务工作也不是那么好做的，有一次上司就很委婉地暗示，让大家唱歌不要带上我，为啥呢？因为领导最拿手的是三首歌——《三套车》《喀秋莎》和《一帘幽梦》。我呢过于积极，每次点歌，先把这三首歌给领导一股脑儿点上，集中播放。后来领导说了：你会不会办事？不能把这三首歌分开点吗？怎么能全部放在一起呢？这三首歌唱完了，后面怎么办？不能干坐着吧？

相比书法界的一个朋友，至少我算是态度端正的。我那个朋友书法写得很大咖，也吹得一手好箫。但是一到卡拉 OK 唱歌，有两个习惯。一是喜欢把麦，这个麦克风到了他手里，别人想夺下来都很困难。二是没有一句歌词不唱跑调的，而且是跑得十万八千里那种。自己跑调就算了，甭管谁唱歌，他也拿着手上的麦克风一起合唱，声音很大，到最后所有人全部跟着他跑调，很是崩溃。

人都是互补的，缺啥，补啥。我越是音乐盲，越是脑回路喜欢音乐，余华老师有本书叫作《音乐影响了我的写作》，我想说音乐影响了我一生。

说这话的时候，正是春暮夏初的一个晚上，月亮正好，空气不急不躁。我、陈红华和林森、胡竹峰、陈崇正、周明全老师，坐在陆春祥书院门口石椅上，在月亮下聊天。前面楼里，宋小词老师正在讲课，隔着门，听着传来阵阵喝彩，宋老师开始唱京剧了，犹如木兰金戈铁马，天地回肠荡气。这是陆春祥书院举行的第二期作家签约仪式，我是以家乡人员身份，才和老师们有了近距离的接触。

不觉说到了音乐，我说因为一首歌，我嫁了个人。老师们都不信，我说那可正是一个美好青春年代，县里送文化下乡，那小子唱的歌，吸引了十里八乡的姑娘、小伙，演出结束了，大家围堵着大巴车不愿散去，热泪盈眶一起唱《阿莲》。还有一首歌，多年来一直在我心里回旋，凭这歌，那小子还拿了杭州市三江歌手第二名。大家问什么歌，我一下子顿住了。月光之下，黄色的紫姜花开得正蓬勃，随便摘了几把，插在玻璃瓶里，就像是美丽的嫁娘。恍惚中，岁月已经流走了 20 多年，犹如

年轻时候的文学之梦，总和当夜的星星一样，寂寥而遥远。是夜，我枕着富春江的春水入眠，半夜醒转，月光还是那样白得皎洁，忽然想起来，那首歌叫作《懂你》。

有一天，我对朋友说，很想去看看北方的地坑院，吃一碗羊肉面，喝一碗胡辣汤。他说择日不如撞日，周末正好有黄河的鲤鱼，你赶紧来吧。于是，就在南方梅雨季节的一个早晨，我登上了北上的动车，路上念叨一句歌词“风往北吹，你还记得我是谁”。每接近北方土地一步，车窗外的田野便慢慢开阔起来，山的轮廓低矮缩小，天和地的交接线正在远移。长江以北，田野里作物颜色开始变化，绿色种植逐渐少了下去，正是六月时节，北方大片的麦子地，显露出整齐好看的秸秆黄。车厢里彼此招呼的口音，也浓重了起来。

在黄河边的陕州河南三门峡，我第一次看到了地坑院。这是黄土高原地带形成的最古老独特的民居样式之一，被称为中国北方的“地下四合院”。这地坑院在黄土堆积的脚下，一般要挖50米到150米，地坑四周的井壁墙上，凿着一孔一孔的窑洞。在这里，一座地坑院就是一户人家，他们按照24节气日出耕日暮息，在这里婚丧嫁娶、生儿育女。

那天的黄河温柔而亲切，是这个季节难得见到的平静清澈。听说过几天就要泄洪，一泄洪，即使站在高坡的观赏台，也会溅到黄泥水，在距离几百米的坝上，衣服上也会落满黄泥点子。但奇怪的是，中流砥柱一直很神奇地挺立着，从来没有被淹没过。中流砥柱，那是我们的民族精神，也是一个人的灵魂和支柱。我们吃饭的地方就在黄河边，这里原来是一大片窑洞，现在改造成了富有文化气息的民宿，流水潺潺，仿佛江南。歌手听说是杭州来的客人，特意过来打了招呼，过去十多年一直在杭州南山路一带酒吧驻唱，两年前回到了老家发展，现在的乡村也是蛮好的。一首《探清水河》送给我们大家，说的是两个年轻人相恋而不得的故事，有点像南方的“梁山伯和祝英台”，声音像赋，也像葫芦丝，呜呜咽咽，在深沉里克制着浓烈的情感，飘得很远。

傍晚的黄河边沿上，夜空是幽蓝的，天际似乎比我们南方更要高远。朋友指着土坡上摇曳的一大片玫瑰色的中华石竹，说这些小花生长在旱地上，还这么艳丽，如果是在你们南方，那不得更滋润，开得更欢。

从中原到西南，从旱塬的黄土地到边陲的古村驿站，悠悠白云，时光倏忽。前几天，刚从云南、贵阳参加暑期乡村振兴实践回来的何同学，兴奋地让我感受两段纳西古乐。云南丽江一个少有人知的滇西北茶马古道小镇上，痴迷纳西族传统音乐的和凛毅先生一家人，20 年前就子承父业，带着他的儿子媳妇练习“白沙细乐”演奏，口口传播，代代传承。一家人一边繁重劳作，一边从事纳西传统音乐的传播。去丽江古城，去斯洛伐克、白俄罗斯、德国、俄罗斯等欧洲国家，文化艺术没有边界，音乐就是大家共通的语言。

“白沙细乐”的乐队由纳西族乐器组合而成，从中也体现出多民族文化融合的现象。乐器按照演奏方式不同可以分为 3 类，一为吹管乐器，有竖笛、横笛、波伯，其中横笛是主奏乐器，波伯是纳西族特有的竹制乐器；二为弹拨乐器，主要有筝、琵琶、苏古笃等。苏古笃又叫“胡拨”，形似“火不思”；三为拉弦乐器，只有二黄一种，形制类似汉族胡琴。

“我在‘白沙细乐’中睡去，也在‘白沙细乐’中醒来。”和凛毅拿起手边一把琵琶介绍，这是 20 年前，家里卖了 10 多头猪崽换来的，一头猪 50 到 60 元，琵琶花费了 600 多元。和凛毅回忆：“那几年没有任何外来收入，我们一家劳动之余，带着饭包去丽江古城口玉河广场演奏，一演就是多年。付出总是有回报的，有几次看到游客趴在地上，说他们真正听到了纳西文化。”

我闭上眼睛，听着和凛毅老先生演奏和吟唱的纳西古乐《美丽的白云》，时而低沉喑哑高山险峻，时而高亢激昂飞入云端。我听到了黄土地上庄稼的拔节生长，看到了蔷薇和玫瑰在风中摇曳。从晨雾袅袅寨子里走出的女子，背着篓筐行走在乡间田埂。茶马古道上的汉子，包着头巾骑着骡马，从遥远的暮色中风尘仆仆而来。一粒种子在倔强地发芽，一轮月亮爬向山冈，白白的，圆圆的，照亮了滇西边寨的四季时光。

我不懂音乐，但是眼泪却不知觉地流了下来，那是来自脚下泥土胸腔的声音，悲凉呜咽而又坚忍顽强，那正是大地的声音。

昆仑今年上大学了

壹

昨天是 7 月的最后一天，梁昆仑终于拿到大学录取通知书了，昆仑抱着通知书，和奶奶相拥而泣。这一刻，大家盼了 7 年。

这里说的大家，是 29 年前奔赴喀喇昆仑高原驻守中印边境的 30 名桐庐籍战友，他们是第一批应征入伍进新疆、唯一上海拔 5000 多米的雪域高原守边防的浙江籍战士。梁卫华是 30 名战友之一，不幸在 2016 年患肝癌走了，只留下一个多病的老母亲和一个年幼的儿子梁昆仑。7 年来，昆仑的学费和家里的生活费，除了政府政策资助外，其他都来自战友们的帮助。

那年，大家都是 20 芳华，奔赴了喀喇昆仑山，从此，青春就在雪域上立下了丰碑。梁卫华对这段人生经历铭心刻骨，有了儿子后，为孩子取名梁昆仑。

梁卫华是在余慈景怀里走的，退伍后，余慈景和大家的关系有点像“我的团长我的团”。大家自发成立了一个协会，叫作喀喇昆仑桐庐籍战友协会，余慈景任会长。每年八一或年底聚一次，每个人每年至少拿1000元作为基金，上不封顶，到现在为止，协会里有十多万元基金。余会长说，这个基金主要用于战友们的家庭困难扶持，比如突发疾病和紧急状况，比如今后老无所依。梁昆仑每个月有500元生活费，每年年底战友们都会去看望他和奶奶，给他们送过年过节费。

那还是在2011年聚会，30个战友都来了，齐刷刷的。余慈景看梁卫华得了胃癌又没有工作，老婆离他而去，家里一个老母、一个幼儿，生活困难。余慈景就让他跟着自己，说是给自己当驾驶员，每个月开出6000元工资。更多时候，是梁卫华坐着休息，余慈景开车带他跑地方。后来，他癌症恶化，余慈景和於伟国去送医药费，联系住院和专家诊治。余慈景清楚地记得，卫华走的那天是2016年11月12日，余慈景接到电话，让他赶紧过去，卫华不行了。握着余慈景的手，梁卫华眼睛望着自己的老母和儿子，余慈景说，你安心走吧，我们会照顾老人和孩子的。余慈景给他擦了身子，换了衣服，卫华走的时候，很安详。

也就是卫华走的前三个月，大家看他的病情，所有战友从天南海北齐回桐庐，陪他一起过了个“八一”，去游了趟太湖，留了张集体照。这也成了唯一30个人聚齐的机会。梁卫华走后，他的后事由战友会全权办理，在省内的战友都坚持守夜送行。

在大家眼里，余慈景不仅仅是会长，几十年来更像是大哥和主心骨;战友们不仅仅是战友，更像是一个温暖的大家庭。

贰

“神仙湾上站过哨，班公湖里洗过澡，界山达坂撒过尿，死人沟里睡过觉”，方谓英雄。

“清澈的爱，只为中国”，这是18岁的陈祥榕写下的战斗口号。1994年，桐庐籍三十名战士，都是20岁左右的清澈年龄，在经历了一个多星期的行程后，从桐庐大巴到上海换火车，从西安咸阳换飞机到哈萨，最后辗转来到了新疆泽普某边防团。泽普县隶属于新疆喀什地区，位于新疆西南部，昆仑山北麓，喀喇昆仑山东侧，塔克拉玛干沙漠的西缘。

喀喇昆仑高原、加勒万河谷，横亘西部边境。这里长年累月大河冰封，群山高耸。这里是祖国的西部边陲，也是守卫和平安宁的一线，平均海拔都在4500米以上，空气中含氧量不足平原一半。来自桐庐的30名战士，就是英雄祁发宝所在的团，就这样扎进茫茫群山，挺立冰封雪谷，用热血和青春筑起巍峨的界碑。

神仙湾、天文点、扎西岗，这些看着带着诗意的哨所，现实是“天上无飞鸟，地上不长草，六月雪花飘，四季穿棉袄，风吹石头跑，氧气吸不饱，白天兵看兵，晚上看星星”。叶城零公里，新藏线国道219线，那里平均海拔5000米，是世界屋脊上的屋脊，高原上的高原，被称为“生命禁区”，氧气只有平原的40%。在山上走100米，相当于在山下负重20公斤跑一公里。海拔每增加 100 米，气温下降 0.6 摄氏度，最低温度达零下三四十摄氏度。有位将军说过："在那里躺着就是奉献！"喀喇昆仑高不可攀的"天"，才是我军最大的敌人，才是真正难以逾越的障碍。

在高原边防，从 10 月份到次年 4 月份，大半年的时间大雪封山，四周全部是白茫茫的，这里成为与世隔绝的一座孤岛。孤独、寂寞，没有信号，无法与外界取得联系。山上寂静荒芜没有绿色，除了绿军装，窗台上一个发了芽的洋葱，大家当成宝贝，看着那一点点绿芽，似乎是大地冒出生长的信息，开年解封后，有的战友一次收到 58 封信。每次下山后，很多人会抱着树痛哭，终于见到了春天和生命。记得那年中秋节，全连发电没发起来，大家点着蜡烛看月亮，遥望着畅想着月亮里面有广寒宫，寒宫里面的树是绿色的吧，兔子是活蹦乱跳的吧。

中印边境非常复杂，没有界碑，更没有铁丝网和中间隔离带。每个战士站在那里就是一座界碑，也就是这一座座界碑组成了西北边防的钢铁长城。刘伯承元帅曾感叹："能在那里驻扎下去的，已经不是人，而是一群灵与肉铸就的钢筋水泥！"这些钢筋水泥是怎么炼成的？战友说，上喀喇昆仑守防，必须要有三样东西。一是要有坚定的信仰：一代代高原守边将士们用青春和生命践行着"犯我中华者，虽远必诛"的坚定信念。二是要有强健的体魄，经历过"魔鬼训练"练就的身体，因为哪怕一个感冒，不小心就会要命。三是要有顽强的毅力，能经受各种艰难困苦不当逃兵。祖国山河我守住，高寒缺氧我挺住，寂寞孤苦我忍住。很多战友都在边防站岗放哨，他们有的很多年没有回家，有的孩子出生后都没有见过，妻子带着孩子到部队探亲，孩子第一声叫的不是爸爸，而是叔叔。

有句话说得好，“边防战士，站着是一座界碑，倒下是一座丰碑”。走进康西瓦烈士陵园，这里没有绿树草地，只有巍巍群山陪伴忠魂。这是全军海拔最高的烈士陵园，为了祖国边境的和平与安宁，100 多位烈士长眠于此。在喀喇昆仑守防的战士说：“生在喀喇昆仑为祖国站岗，死在康西瓦为人民放哨。”都说人生除了生死，其他都是小事，然而国家主权和利益受到损害时，个人的生死便成了小事。

前几年，余慈景带着妻子重走喀喇昆仑、班公湖，他和妻子默默遥望神仙湾哨卡，那是他心里立着的碑。因为大家是浙江兵，一开始，部队担心浙江出去的战士不能吃苦，后来证明，桐庐这 30 个战士个个是好样的。余慈景参加全军比武，获得五项全能冠军，多次立功受奖。他们这批兵，95% 以上入党并立功受奖，没有一个逃兵，多数在部队分到了重要岗位，各方面素质和表现得到了部队的肯定。他们在书信里写着：“我们就是祖国移动的界碑，脚下的每一寸土地，都是祖国的领土。”

叁

从来没有听说过吃饭也能给予奖励吧，在喀喇昆仑高原，吃饭成了战士们首先要面对的挑战。

高海拔地区，气压低，氧气稀薄，水只能烧到 80 摄氏度就开了，永远喝不到真正的开水。吃是个大问题，炊事班刚开始没经验，馒头怎么都蒸不熟，扔到墙上都能黏住。后来，通过不断的试验，才把饭做熟。由于高寒缺氧，官兵们总是头痛，恶心，吃不下饭，有的哨所做出规定，每人吃完两个馒头就能得到嘉奖，吃完三个馒头就能立下三等功。当然这只是说明高原苦，谁也没有因为能吃而立功受奖的。

在哨所，有四大名菜，白菜、萝卜、土豆、皮丫子（洋葱），这四种菜最便宜，又最便于运输保存。吃得最多的是白菜炖粉条，还有白菜粉条包子，战友们记得有个四川的老兵，个子瘦瘦小小的，竟然一次吃了 18 个大包子，那是肚里没油水啊。

在高原，蔬菜是最稀缺的，10 月份开始大雪封山，山下的物资就送不上来了，整整半年时间见不到绿色，吃不到蔬菜。有一次一筐西红柿送到山上基本都烂了，只剩了三个西红柿还能吃，炊事班长就用这三个西红柿，做了一锅西红柿蛋汤，大家吃得那个开心，因为这是半年的维生素补给啊。在高原，吃得最多的是罐头，有红烧丸子、红绕带鱼、鱼香肉丝等各式各样的罐头。有一次，团长到哨所视察，连队也拿不出像样的菜，司务长不知道用什么招待好，连长说那就摆个罐头宴，十种罐头各摆两个，20 个罐头满满一桌，弄得团长一行热泪盈眶，却迟迟下不了筷子。

由于吃不到蔬菜，缺少维生素，战士们手指头指甲会凹陷下去，指甲与肉脱开，手指头上都用胶布缠着，平时还要训练、劳动和执勤，一碰，十个手指就钻心地疼。高原地区，由于海拔高，空气稀薄，空气中氧含量较低海拔处低，导致血氧量降低，表现有不同程度的肺水肿、脑水肿等。司务长上厕所蹲下去就再也没有站起，还有个战士感冒得了肺水肿差点没命。由于机体供氧量不足，会使器官负担加重，长期导致心、肺、脾等器官代偿性增大。长年工作对身体影响还是很大的，很多上过山的战友都留下了高原后遗症。

相比什么都没有的5000米以上的哨卡，4000多米的班公湖在夏防中能看见海鸥和鸽子。姚雷军是“西海舰队”的，什么是西海舰队呢？这支舰队常年驻守在海拔4200米以上的班公湖，是阿里军分区某师的一个水上中队，这支特殊的中队被誉为“山顶上的国门舰队”，成为青藏高原上的水上卫士。班公湖湖水面积600平方公里，其中413平方公里在我国境内，其余部分为印控地区。有意思的是，班公湖位于我国境内的是淡水湖，而位于印度境内的为咸水湖，湖水周围寸草不生，一片死寂。位于我国境内的却是个大渔场，湖里有很多无鳞鱼（冷水鱼），还有虾米。早上和炊事班长一起骑马到班公湖边，把前一天放下的网收上来，每条渔网上都会有十几条一两斤重的无鳞鱼，一次能收五六十条。收完后，把渔网整理好，再插进湖边浅水区，第二天再收。满载而归后，炊事班会一桌子一条鱼，改善伙食。

在高原巡逻，有路的地方坐车，没路的地方骑马，实在不行就步行。巡逻往往一走就是一天，有时还要在外过夜，吃饭是个大问题。特别是在雪线以上的边防线上巡逻，水壶里的水都结成了冰，战士们只能靠嚼冰咀雪充饥止渴。压缩饼干平时作为零食感觉还挺有嚼劲，也很有味，但到了巡逻路上，硬邦邦的，没有一副钢牙怕是咬不动。4000多米的高原上野生动物品种不算多，主要有野驴、野牦牛、狼、雪豹等，老鹰、乌鸦、野兔特别多，也许是繁殖能力强吧。这些野兔一般都会在长有骆驼刺或红柳的地方挖洞，仔细在高原的缓坡上看，在那些低矮枯黄而又顽强的高原植被间，有许多大小差不多的洞口，那些基本是野兔的洞，所谓狡兔三窟，兔子洞就显得尤为多。兔子向来是精灵的样子，但高原的那些兔子却是奇怪。在路上，远远地看见一只灰褐色的兔子蹲在那里，举枪瞄准，枪响过后，若是一枪不中的，你就在原地等一会儿，不必去追。那兔子会绕着跑一圈，然后依然傻傻地待在原地。后来才明白，在四周都是高山的山谷中打猎，枪声响后便是隆隆回音，野兔辨析不出是哪个方向的枪响，只能惊跑一圈后回到原地。皇甫国洪回忆，有一次他们三个战士巡逻，干粮吃完了，抓到了一只兔子，用火烤了之后，外面皮焦了，但是里面是血淋淋的，都是血水，因为高原根本烤不熟东西。三个人巡逻一天一夜，就靠这只血水淋淋的兔子充饥。

巡逻除了身体的风险之外，还要与狼共舞。什么狼呢，三匹狼。巡逻站哨时有野狼，平时有东突分子潜入，还有随时都会出现的印方的侵扰。战士们要根据敌情，随时准备战斗。

有一种精神，叫作喀喇昆仑精神，发源地是神仙湾哨所，概括为 32 个字“忠于祖国、热爱边防，励精图治、艰苦创业，扎根高原、建功边疆，顽强拼搏、牺牲奉献”。我问余慈景会长，现在 29 个战友，多少党员，他说 97% 的比例。大家虽然退伍了，但是 29 年来，从来没有忘记过自己是喀喇昆仑的战士，对那片雪域魂系梦绕，铭心刻骨。退伍到现在，有的经商成功，用自己的力量帮助战友，建设家乡，助力乡村振兴。有的成为村里的干部，像姚雷军，是瑶琳镇姚村村委副主任，村里有几千亩油菜花，也是亚运会马术比赛的场馆所在地。余慈景是全国优秀经理人，柴阳明一直在新疆发展，是新疆浙江商会副会长，也是全国邮政行业劳动模范。还有在做快递的，做物业的，大家守防也好，创业也罢，都有一种精神，因为是从喀喇昆仑山下来的，没有一个当部队和生活的逃兵。

昨天，是30个桐庐籍战士奔赴喀喇昆仑驻防的第29年，大家来了23个，这是疫情过后战友们第一次“八一”相聚，远在阿克苏做快递的何永龙特地赶了过来，到的时候，正是傍晚。何永龙做指挥，大家在场地上立正稍息，齐声合唱“团结就是力量”。

没有经过任何排练，大家步伐竟然这样一致，歌声这样整齐嘹亮。穿过树林，飞上云端，歌声似乎回到了29年前，映在了西藏雪域上那些闪闪青春的脸庞。

如果云知道

我在桐庐分水江边吃到了今年的第一只清明粿，艾草在石臼里捣过，馅是当季的笋丁、肉丝、豆腐、黄芥菜，皮子揉得软硬得当，轻薄有韧性，是舌尖上惦记了几十年的儿时味道。我还吃到了当季的香椿炒蛋、蕨菜小笋、蒜泥草籽，还有家乡出名的黄鳝煲、杂鱼锅、臭豆腐和萝卜丝饼。

清明螺，赛只鹅。第一盘清明螺蛳，上来就被大家清空了。说到螺蛳，浙江最有名的就是开化的清水螺蛳，无论做上汤还是红烧，都是极好的。

还有第一杯春茶。桐庐本地的茶叶叫作雪水云绿，和开化龙顶一样，一片片叶子注入水后，会一根根竖立在杯中，像穿着绿色衣服的豆蔻少女，在旋转和舞蹈，踮着芭蕾的脚步，仙姿，婀娜，纯洁，像是精灵。

这些春天的味道和颜色，陈蔚是吃不到、看不到了。去年

11 月，陈蔚走了，化作了天上的一朵云。我们走过他走过的路，吹过他吹过的风，我们在喝茶、在踏青，在享受春天的时候，总不由自主想起这个 1992 年的男孩子。

陈蔚是桐庐公安交警大队分水中队的一级警员，三级警司。陈蔚不是桐庐人，老家在开化，在杭州出生、长大。高中毕业后去了部队，做了晴天一层灰、雨天一身泥的坦克兵，再从部队考到浙江警察学院交通管理专业，毕业后工作去处，他填写了桐庐。很多人以为，桐庐不过是陈蔚的一个人生驿站，但是没想到他最终把根留给了这片土地。

熟悉陈蔚的人也许会说，这个“90 后”的孩子其实不用像别人那样“卷”。陈蔚的父亲是一名成功的企业家，家境颇为优渥，陈蔚也许不用考虑买房、买车这些经济因素，也可以找到一份相对轻松的工作，但是他自小就喜欢警察。陈蔚从小就在学校长大，父亲当时是学校负责人，每到开学军训，他就在一旁羡慕地看着教官，立下誓言：“要么参军，保家卫国；要么从警，除暴安良。”

儿子殉职后，陈蔚父亲一夜白了头，悲痛欲绝，但还是保持着克制、理性和沉稳。桐庐公安局问过他，要不要选择时间火化，骨灰要不要带回杭州或者老家。陈蔚父亲说，就按照你们的时间给陈蔚出殡吧，否则你们要安排陪我们，会耽搁工作的。陈蔚喜欢桐庐，这里山清水秀，就让他留在桐庐吧。他常对陈蔚说的一句话是：“认真做事，能把事情做对；用心做事，才能把事情做好。”

平时工作再忙，陈蔚父子之间一直保持着书信交流的方式，去年 8 月 1 日建军节，陈父还给陈蔚写了一封家书。“蔚儿，你身上流淌着咱们陈家的血液，你一身正气，刚正不阿，你的柔情似水，富有同情心，你的严格自律，积极向上等优良品质都传承着良好的家风美德。你的爷爷不求名利，一生两袖清风，三尺讲台终其一生的奉献。他常常告诫我们，坚守底线，相信党，相信组织，听党话，跟党走，直到离世都一身正气，不忘振兴乡村教育事业。你爸我已是一位在党 40 周年的老党员，坚定理想信仰，无论在什么样的岗位都应服从组织，严格要求自己，认真做好本职工作。我很欣慰。你做得比我好，在抗疫中你冲在第一线，你在接受急难险重任务时，没有退缩，在困难面前你勇挑重任，在组织安排工作时，你勇于承担，你是好样的。”

陈蔚的妻子忍不住哽咽：“我们结婚的时间因为疫情推迟，生孩子他不在身边，分水到桐庐最多一个小时路程，但两个礼拜回家来一趟都算好的。第一次到杭州见他父母，车子开到城南站，看见两车剐蹭，他忍不住下车去调解指挥。平时穿个便服在县城，看见送外卖的没有戴头盔，他就要追上去讲解，要别人戴头盔，人家以为他神经病。”

就像陈父说的，陈蔚不想干嘛，他就是想把事情做好。外范村一对老夫妇，骑电动车总不戴头盔，陈蔚三次到他家里去做说服工作。第一次被大伯说了一通，说戴不戴头盔是他自己的事情，小陈你多管闲事。第二次陈蔚上门拎了两个西瓜去，给大伯讲解演示。一个西瓜戴头盔撞击到地上怎么样，另一个西瓜不戴头盔撞击到地上怎么样。三次下来后，但凡来村里宣讲，大伯一定戴着头盔坐在第一排：“我们都要听陈蔚的，我要坐第一排，而且要戴着头盔做示范。”

分水是中国的制笔之乡，制作的笔能绕赤道几圈。分水中队分管四个乡镇，有分水、合村、瑶琳、百江，几乎占据了桐庐县三分之一辖区，警力非常紧张。中队和镇政府就合计着办了一个栏目，叫作“陈蔚说交通”，陈蔚和同事们利用业余时间策划，拍摄视频，渐渐成了当地的一个品牌。

分水东溪小学的学生，多是外来打工人员的孩子，有 17 个民族。陈蔚每隔一段时间，就要到学校给孩子们讲课，让他们回家再把交通安全意识传递给父母，这样的宣讲效果非常好。劝导员章苏莲说：“想起陈蔚我就要哭，太可惜了。我女儿都比陈蔚大一岁，陈蔚一开始来的时候，我都想不通，条件这么好怎么到我们这里来吃苦。作为劝导员，我经常会觉得委屈，陈蔚就劝我不要计较，只要分水地区交通事故减少了，就是把事情办好了。陈蔚哪里看得出是杭州来的，比我们还能吃苦，家教实在太好了，一点脾气都没有。”

陈蔚一开始实习是在横村中队，恰逢杭州 G20 峰会，陈蔚 2 个月吃住在中队，跟着民警出警、巡逻、调解。因工作成绩优异，获得“优秀增援学警”称号。从 2018 年陈蔚参加工作到他殉职，他荣获过“桐庐好人”“战疫青年标兵”“县优秀公务员”称号，四次受到县局嘉奖，在党的二十大安保期间，因表现突出荣立个人三等功。

“桐庐 70 多个交警只有一个三等功名额，陈蔚是靠自己干出来的。”他的师父叫作朱国昌，现在是分水交警中队长。我问朱国昌，陈蔚喜欢吃什么菜。朱国昌说，桐庐菜多少有点辣，陈蔚一开始不习惯，后来不要说桐庐菜，他在分水和大家交流，都会说分水话了。这个孩子太纯良，很多事情我们都不知道，他也不说，他走后我们查监控，才知道他做了许多。

2018 年 12 月的冬天，陈蔚带了很多糯米饭来单位，大家说你请客吃糯米饭啊，陈蔚笑笑。后来才知道，陈蔚在开展非机动车违法整治时，看见一位阿姨驾驶未悬挂号牌的电动三轮车在机动车道行驶，陈蔚上前拦下。阿姨急哭了，说车上有糯米饭要去早市卖，扣了车就卖不了啦。陈蔚掏钱买下全部的糯米饭，对阿姨进行了交通安全宣教。也是在当年，陈蔚巡逻时，遇到一位大爷违规骑三轮车，车上放着一把竹椅，上面坐着一位病恹恹的大妈。大伯用麻绳把自己和大妈绑在一起，选择人少的时候骑车到镇上。原来大妈中风，长期躺在床上，想看看镇上的风景和变化。陈蔚耐心向大爷讲述其中的安全隐患，又不忍心处罚，就开车慢慢给大爷护送 30 多分钟，一直到老人平安到家。

有一天，陈蔚经过一个路段，发现一位大爷摔倒在溪水沟里，浑身是血，陈蔚就把大爷送到分水医院并且支付了医药费，一直等到他们家属来后才离开，只字未提医药费。大爷知道陈蔚殉职后，难过极了："我在外地打工不方便回来，否则一定要来送送他，好人呐。"

陈蔚喜欢篮球、足球，是学校足球队的后卫。他爱读历史书，被大家称为诗人。他写过一篇《从警赋·观二十大有感》："观天下，狼烟起，难太平。四海风云诡谲，五洲硝烟未灭。外有狼环虎伺，内有宵小作祟，多有公知聒噪，屡见小丑跳梁。既从警，践三能；平常时，恪尽职守平凡。关键处，敢以肉身斗黑恶；危难时，能舍血躯换得百姓安康。”

我和陈蔚没有交谈过，但是我们应该彼此见过。陈蔚挂钩的乡镇是百江镇，是桐庐农文旅结合的农业大镇，春季和秋季都会举办稻田艺术节。当地的农发粮油合作社承包了千亩良田，很多“90后”大学生返乡，成为乡村振兴的年轻力量。2021年的秋天，农历九月初九，广西文学杂志社和散文选刊杂志社联合举办的“重返故乡”活动，选择了第五届鲁迅文学奖得主陆春祥老家百江镇。那一晚，来自全国的作家、媒体和村民们在田野里吃着新打的稻米，吹着萨克斯，唱着歌谣的时候，陈蔚为了这场活动，应该很长时间没有回家。他肯定忙得顾不上吃饭，一边笑眯眯地看着田野里的欢腾。

今年百江镇的油菜花开得特别好，是省农科院种植的新品种，有700多亩，黄灿灿的像是稻菽千重浪在闪耀。我们走在田埂上，特别想念和记挂一个叫陈蔚的年轻人，也特别想唱一首《风吹麦浪》：“远处蔚蓝的天空下，涌动着金色的麦浪，就在那里曾是你爱过的地方，当微风带着收获的味道，吹向你的脸庞，想起你轻柔的话语，曾打湿我眼眶。”

陈蔚走了后，“陈蔚说交通”这个栏目名称不变，战友们更新内容了，陈蔚的工作岗位牌还是挂着“在岗”，警号“116866”被永久封存。陈蔚走的时候，他女儿只有8个月，只会用手指戳着镜框里父亲的脸庞。而现在，会蹒跚着摇摇摆摆走路，也会呀呀叫爸爸了。

如果云知道，一定要把这些，捎话给陈蔚。

我叫什么名字

二孃坐在家门口大石头上，斜背着一只老旧碎花布包，布包的周边缀着木耳边形状的花骨朵。她身子旁放着一只青白溜长的大冬瓜，冬瓜上的白霜粉扑扑的，像是洒在田野里的浅月光。二孃花白的头发像一蓬枯草，在风里东倒西歪；眼神枯得像一口干涸的老井，已经看不到眼里的光泽。因为白内障的原因，她的眼球每天蒙着一层翳，几乎快看不见东西了，之前做过手术，但是术后老花得更加厉害，两只眼睛在风里流着泪，像两只蛹趴在眼睑上。二孃喜欢每天安静沉默地坐在石头上，穿着一件蓝布衫，两只枯干的像鸡爪一样的手蜷缩着，一动不动，不知情的人远远望过去，以为是个稻草人杵在那里。

二孃的家门口，就对着村口，村里人经过的时候，和她打招呼，她就问别人："我叫什么名字？"

每一个经过的人就说："你叫冬花。"大家牵引着她的手，让她摸摸旁边的冬瓜。二孃一摸到冬瓜，就咧开没有牙齿的嘴笑:“对对，我叫冬瓜。”

二孃是我嫂子的母亲，按照习惯我随着喊二孃，今年已经是 85 岁了。五年前她慢慢出现老年痴呆症迹象，第一年还能叫得出大家名字，说话有点语无伦次，原来贤淑温顺的脾气，也像个孩子一样变得顽劣和焦躁不安。到了第三年，两只眼睛视力日益下降，而且已经不认识人。之前因为动过几次白内障手术，医生建议年纪这么大的老人，不要再做手术。

好在二孃有子女六人，儿女们都还孝顺，但是各家各户也都有自己的事情，有的要带孙子孙女，接送孩子上学放学上辅导班什么的；有的自己办个小厂子，要管工人和生产；有的要忙着照看山上的茶叶、田里的庄稼，收割不能错过时节。大家就商量轮流照顾，一个月轮到一户人家。子女们或接老人到家里，或上门到二孃家伺候，一年 12 个月，排了值班表。

虽说照顾的是自己父母，大家也是每天提着心。老人眼神越来越不济，记忆力衰退得厉害。前年眼睛没有完全丧失视力，二孃去了县城女儿家之后，就不肯去了。为啥呢，家门口就是菜市场，她总是悄悄到菜场里，看见有卖冬瓜的，就抱着冬瓜不肯收手，非得抱回来，说这是她的名字。市场管理员两次把她送回来，让子女们看好她，别让老人家去菜市场。抱冬瓜是小事，万一人走丢了，责任可承担不起。回到村里后，不知道从哪犄角旮旯被她翻出一只碎花斜挎包，是 20 世纪家家户户司空见惯的布袋，也当作孩子们上学用的书包。二孃每天起来吃了早饭，就把这花布包背在身上，吵着要去上学。每天对着二爸嚷嚷:“爸爸，我要去上学。”

二爸是二孃的丈夫，年纪比二孃还大两岁，这几年也是忘性越来越大，脑子有点迷糊，但是还没有到不认识人的地步，只是经常忘记今天有没有去地里干过活。二爸脾气很倔，年轻时总和二孃吵架，两人瞅着鼻子不对鼻子，眼不对眼的，后来索性分灶头做饭，东边一个灶头西边一个灶头，各烧各喜欢的口味，倒也彼此相安无事。

每次二孃喊二爸叫爸爸，每次问他:“我叫什么名字？”二爸就索性给她拿来一条大冬瓜，放在大石头上，让二孃摸一摸，二孃摸着说:“我知道，这是冬瓜。”二爸告诉她，你记得冬瓜，你摸一下冬瓜，就会想起你的名字了，你叫冬花。

二孃到了后面，眼睛完全看不见，每天大部分时间都在床上。脾气越来越糟糕，子女不记得了，对着二爸也不叫爸爸了，连冬瓜也不认识了。她像牛一样竖着角逆反而倔强地抵抗周围的一切，赌气不肯吃东西。有的时候，把碗端到她手上，喂她到嘴里，她和孩子一样紧闭着嘴，咬着勺子不肯松口，像拔河一样和大家斗气。到了后面，几乎每时每刻都要看着她，得用尿不湿，一时半会儿没顾及，她就把尿不湿扯了扔地上。偶尔没有照顾周全，大小便就会拉在身上。半夜吵着不肯睡觉，比三岁顽童还闹腾。稍微一不留意，就会磕了摔了，前阵子她嚷着要坐石头上，喊着要喝水，旁边的人转身拿杯水的空当，就那么一分钟，二孃就摔下台阶，鼻子上、额头上磕出两个大洞，到医院缝了 24 针。

二孃没有吃上今年的清明团子，春节过后没多久，她就走了。走的时候安静、平和，没有说任何话，脸上又呈现往日的无限温和仁慈。她已经不认识任何人，也分辨不出大家的声音，她一个个把子女们的手握过去，似乎要记在自己的心里。出殡那天，大家担心二爸身体扛不住，让他不用上山送了，二爸安静地说好，也没有流泪，很听话地站在门口，看着大家披麻戴孝，目送着子女子孙们一路撒着纸钱，吹着唢呐敲着钹锣，把二孃送到山上去了。

第二天吃中饭时，大家怎么找都没有找到二爸，去村口寻过，到菜园子里喊过，没多久，二爸回来了，身上衣服湿哒哒的，裤子、鞋子上都是黄泥，他结结巴巴说，我去看过冬花了，那个地方挺好的。

大家惊呆了，这里到山上坟地，起码要走 40 分钟，而且要经过一座只有几根树枝拼的简易桥，上山的路也很陡峭。二爸是个 87 岁的老人，怎么抖抖颤颤经过桥、爬上山的。但是从二爸描述的话来看，的确是去过坟地了，他能清楚说出二孃坟地两边墓碑上别人的名字。见大家一脸担心，二爸不好意思地说："冬花昨天书包忘记拿去了，我今天把书包给她送过去，还有一个冬瓜，省得她到了那边忘记自己的名字。"

二孃走后，二爸的脑筋也越来越不清楚了。扛着锄头出门去干活，一垅地要刨六遍，把生的芋艿藏在橱柜里，说是红烧肉，给大家下酒。总是把自己的儿子勇华，喊成他的堂弟东根。气得勇华找来一张大纸，上面写上几个大字贴在二爸床头："我叫勇华，是你儿子。"

勇华办了一个做沙发垫子的小企业，轮到勇华家照顾二爸的时候，就把他接到厂里，说请他去当厂长，付工资的。老头子一听，说工资就不要了，给钱就好了。大家说，工资就是钱，你到了厂里，你就是王厂长。王厂长在厂里待了几天，非得说勇华赌博输钱，要喊民警把勇华抓起来。勇华说，我哪有时间打牌，厂里忙得要死啊，你什么时候看我打牌了。王厂长闹腾得厉害，大家就把二爸和勇华一起送到派出所，事先和民警打了招呼。民警当着二爸的面，虎着脸批评教育了一番勇华，不准赌博、不准干坏事，等等，二爸一边听民警教训，一边满意地频频点头。

那天我回老家，经过二孃家，和嫂子一起去看二爸。傍晚时分，天已经暗了下来，二爸正坐在门口的竹凳上。大家劝他进屋坐里面，院子太凉。他站起来絮絮叨叨蹒跚走到院门，一直眺望着村口，路上黑黢黢的没有人影。他顾自站着，嘴巴里嘀咕："疯老婆子到哪里去了，这么晚还不回来吃饭，又到哪里去嬉（玩的意思）了，天这么黑了还不回来。"

在门口站了十多分钟，二爸就对着村口大喊起来："吃饭了，冬花，冬花，吃饭了，好回来了。"喑哑的声音，苍老而低沉地回旋在夜的黑里。

我的非典型母亲

母亲和父亲同岁，今年 88 岁了，双双这样高龄一直日出而作、日落而息的老人，在农村并不多见。两人自己洗衣做饭、种菜锄草，上山采茶叶、下地种花生。偶尔去县城哥嫂家住一晚，好像要被谁罚款一样，第二天就火急火燎往家赶。

小时候我跟在父亲后面，大家都很奇怪："老邱，你怎么还有这么小的女儿？"我悄悄告诉他们："我是捡来的。"

我家有四个孩子，哥哥、大姐、二姐彼此间只相差了一岁，母亲一年一个接连生下了三个。而我，和他们竟然分别相差了七、八、九岁。我的出生对很高龄的母亲来说是个意外，但肯定不是惊喜。据说是医生之前没有给母亲结扎到位，等到发现怀上后，孩子太大已经没法流产了，有点买三送一的意思。母亲总回答不上我的生日，不是说成大姐的，就是说成二姐的。生辰更加不记得，一会儿说是傍晚，一会儿说是凌晨。不过老太想起了一件事情："你还没有满月的时候，家里着了火，几个孩子玩木屑刨花。老房子火苗蹿得很快，黑烟马上到了二楼窗口。我一把抱起你就往外跑，一路跑到村口银杏树下面才敢停下来。""那后来呢？"

老太说的话差点让我背过气："我停下后低头一看，哎哟，我的妈呀，我手上抱的不是你，是一个荞麦枕头。幸亏，后来你被荣仁叔给救出来了。"

五六岁的时候，村里来了几个耍杂技的，驻扎十几天后，我和大家混得很熟了。我会劈叉成一条直线，会后弯腰用嘴把地上的花叼上来，会侧翻倒翻筋斗。他们觉得我资质很不错，问我要不要跟他们去耍杂技，会让我牵猴子，我兴高采烈牵着猴子就跟他们走了。一直到十几里外，父亲他们才追上来把我截回去了。我常想，如果没有给我弄回去，说不定，我可能早就在什么根的大舞台上二人转了。

在我们眼里，母亲是个干大事的人，不喜欢儿女情长，类似古代的花木兰。爱猪、爱狗、爱猫、爱鸡、爱鸭，远远多于爱她的孩子，我带回去的草莓，说先给她养的狗来福吃，还说来福这狗子是天才，知道草莓哪个部位最甜。母亲喜欢上山打虎下河捉鱼，不喜欢在家绣花、洗衣做淑女。聊到过往，说有一次和大伙去溪里抓鱼，三岁的我半夜醒来，赤脚走了三里地，像是小蝌蚪找妈妈，幸亏没有被蛇给咬了。

母亲读书到 13 岁，这在农村算是识字比较多的女性了。早年外公外婆家境富裕，上面有三个哥哥，家里对母亲自是宠溺。和父亲结婚后，她自己跑去考进了邮政局，后来又随父亲去了兵工厂。三年经济困难时期，父母响应国家号召回老家，父亲当上了公社书记。考虑到家里孩子多，两个人都是居民户口的话，这点工资难以养活全家，母亲的户口就耽搁下来留在了农村。原来漂亮温柔的母亲开始学着上山砍树、下地种田，学着和粗壮的男人比拼体力挣工分。在一个个点着煤油灯的黑夜，母亲和奶奶还要看管三个差不多大的孩子。一个哭闹，另外两个也跟着咦哩哇啦凑热闹，经常忘记给哪个洗过脚，哪个还没有洗。

对于家里没有男人的女人来说，这一天天的操持、煎熬和长夜漫漫，想必，再柔软的心也会变得无望和暴躁粗粝。

对于年少的我，是不会去研究母亲这些心情的。两个姐姐对我的照顾已经超过了母亲，我对母亲的感情也没有那么亲昵和依赖。我们几个孩子从小就喜欢读课外书，在那个唯有高考才能农转非的年代，看课外书的性质估计和现在玩网络游戏差不多，是被大人呵斥和限制的。我和二姐常躲在楼上看《飘》《茶花女》，看金庸和琼瑶，母亲就在楼下大呼小叫安排我们活计。有一次，她还真的把二姐藏在木头箱子里的几本书烧了。我心里恨得要命，恰巧老师布置了一篇“我的妈妈”之类作文，我写得非常生动感人，把妈妈写得很高大伟岸，结尾是妈妈和我一起上山拢猪草，山洪暴发，为了救我，母亲被洪水冲走不见人影了。老师看得热泪盈眶，把它当作范文贴在墙上。后来家访时才发现我妈好好的呢。

从小我就习惯了半夜醒来，母亲不在身边。她是乡里的赤脚医生，夜里我家楼下经常有人来喊我妈。她一边穿衣服收拾药箱，一边让人准备好木盆和热水。方圆二三十里地，母亲接生了上百个孩子，竟然无一失手。每次去学校给孩子打疫苗，她就把我从窗台上揪下来先扎上一针做示范：“你们大家看，一点都不痛的。”

后来不当赤脚医生了，我家装上了村里第一个电话。我妈每天不是喊东家接电话，就是给西家带信，像是一个村的新闻中心。尤其到了冬天，事情特别多，经常四五点钟有电话打来：“不好意思啊，能不能去某某家，让他们烧好水，我一个小时后就来了。”干吗呢？是杀猪的人打来的。我妈趿着拖鞋穿上棉袄，一溜小跑。还有妇女生孩子的，老人上医院的，学校读书的，外地做生意的，可忙活了，就差没在家里安个广播站。

12 岁时，我考上了县里最好的初中，是全校个子最小的女生。老家和学校有几十里地，没有通车。交通基本靠走，带路基本靠狗，吃饭打冲锋般吼，穿衣基本靠姐姐们留。有一次周六回家和高年级学生扒卡车，结果他们上去了，我个子小上不去，一直被挂了两里地。到了高中，父亲给了我一辆 28 英寸永久牌自行车。我骑在车上，像是一只鸟停在了树枝丫。有一回去学校经过一段田塍路，我和一头黄牛相遇，它威风凛凛对我怒目圆睁。我还没有来得及做出反应，那头牛箭步上前一个挑角，把我和自行车挑到了旁边池塘里，幸亏水不深，但车上驮着的米和一周吃的霉干菜，全被牛给顶没了。

这些事情，我是不会说给父亲听的，更不会讲给母亲听。反正觉得自己可能是捡来的，衣服脏了自己洗，感冒发烧了自己被窝里焐着，父亲给我 10 元钱我往往只拿 5 元。曾经我很想得到一条像同桌女生那样的小花裙，母亲就说："能给你读书已经不错了，你看村里的女孩子，哪有你书读得那么久，她们早早就出去挣钱嫁人了。"

为了不让母亲以后随便把我许配给村里的什么王木匠啊李铁匠的，我能选择的就是好好读书，自谋生路。以至于到后来，父母和别人说起我，就说："家里最小的这个，是最不需要我们操心的。"

母亲和我的非常规母女沟通方式，导致我对母亲，也是不按常规出牌。记得有一次，父亲和母亲吵架，母亲晚上收拾东西，絮絮叨叨要回舅舅那边娘家，说明天就去办离婚，她说早厌烦这个家了，大不了去街上卖茶叶蛋，给别人当保姆。

父亲坐在凳子上沉默不语，把头放进两只膝盖中间，像只鸵鸟。哥哥姐姐们惶恐不安，着急劝架，拉着母亲不让她走。我这个老幺一步上前，和母亲说："你走吧，赶紧离婚。我告诉你，你一离婚，我爸立马娶个大姑娘。他为了你提早退休，每个月工资交给你，不抽烟、不喝酒、不赌不嫖的，这么好的男人肯定是外公外婆家祖上积德，你才找到的。现在的男人可不比你们那个年代老实厚道，非但不赚钱，还家暴，外面的世界有你想的这么好这么美吗？"

母亲停下脚步，愣住了，后来哇地哭将开来："有你这样的女儿么，这样说你娘，吵架不来劝和，还让我们离婚。"

父亲和母亲在80岁那年，倒是干了件惊天动地的大事。把老房子拆了，用了一年时间盖了新房，父亲每天和工匠们一起在工地上忙碌。本来是外包活，不用管饭管烟，但母亲还是按照农村老底子建房习惯，每天中午张罗两大桌饭，每顿都有十几个菜，炖猪脚、烧鸡鸭什么的。房子造了挺大的三层，哥哥、二姐、我和父母，每户人家各分到两个房间，每个房间都是木地板，有单独卫生间、空调。我的房间比较特别，多了个露台，说可以给我写写东西、喝喝咖啡。母亲的总结发言像是发表就职演说，说有房子就有归宿，有父母就有家。平时大家即使散得再远，节假日回来了，还能住在一个屋子里，像是小时候一样整整齐齐。

在英国读书的我女儿，假期回来看外公外婆。看着眼前这个两年未见就蹿成高个、正值青春好年华的女孩，母亲竟然显得有点拘谨和局促。孩子临走前，她塞过来一个很大的红包："去这么远的地方读书，一定要自己当心哦。"眼底里，竟呈现出之前对我少有流露的母性温柔。

儿行千里母担忧。我们那个村，名字就叫作百岁，居住在那里的人，都是百岁老人，都是神仙。

兵荒马乱过了年

这是正月初五的下午一点钟，我拉着行李箱站在桐庐高铁站外，凄惶如一只丧家之犬。四野的风呼呼地往我脖子里灌，万般情绪翻涌胸口，有拔剑四顾心茫然的苍凉，有过山车般的惶恐和悲喜交加。

高铁站里竟然没有买到方便面，我饥肠辘辘地看着动车时刻表，行李箱里没有任何吃的。这是工作 30 年来第一次没有从老家带年味返程的春节，想起以往车子后备厢塞得满满当当的大包小包，不觉有点惘然和酸楚。

我在兵荒马乱、鼻青脸肿中过了一个春节，虽然只是跨了个年，却似乎是度过一个世纪。

相比艰难的漫长黑夜，幸福的时光总是显得短暂。自从父亲 1 月 4 日生病住院之后，20 多天来，我们兄弟姐妹彻底打乱了生活节奏，每一天都是提心吊胆、惶恐不安和战战兢兢。一天一天挨着过，一天一天盼着父亲好转。原来喉咙梆梆响的父亲，此刻躺在床上，像一个苍老的婴儿，脸上戴着氧气罩，手臂、胸腔和后背布满管子和滞留针，大小便不能自理，24 小时都要有人在旁边照顾，喂粥喝水，翻身擦洗。父亲的四肢干瘦成了一段枯木，眼神涣散，精神萎靡，眼睛眯成了细微的一条缝。

病毒似乎能翻山越岭，能穿越都市、穿越人流腾云驾雾来到偏僻宁静的小山村。我们都圈在羊堆里的时候，每天打电话给父母，千交代万交代，让父母乖一点，不要离开屋子，最多跑到院子里，不要去买菜，不要去坐车，不要去大路上溜达，关好大门坚壁清野，把病毒挡在门外。总而言之，要把自己保护得好好的。两个老人都是 89 岁了，母亲有高血压，父亲心脏几个月前做过房颤手术，经不起折腾。

想法是美好的，现实是残忍的，病毒还是没有放过高龄的父母。母亲吃了泰诺尚好，父亲送往医院的时候，血氧饱和度低于 90，医生说血氧上不去，状态不乐观。家庭的微信群瞬间就像炸开的马蜂窝，在重庆做快递的二姐马上订回来机票，我来不及回家拿漱洗用品，直接从单位往医院赶。看着杭新景高速路上拥堵的车辆，四周阴霾雾蒙的天气，突然之间胸口和喉咙一酸，眼泪不由自主地滑落下来。

幸亏县人民医院救助及时，在临观室待了一天一夜之后，恰好 EICU 有一个床位，父亲幸运地被安排进去。父亲原来没有高血压，但是此刻血压飙高，血氧指数低落，喘气呼吸很累的样子。我们和医生说，不到万不得已不能切管。幸好父亲的体质还是不错的，三天 EICU 住下来，血压、心率慢慢正常起来，戴氧气罩后血氧饱和度上来了。父亲清醒过来后，一直嚷嚷着要转到普通病房。他觉得无非发烧了、感冒了，不明白自己为什么要被送进监护室，见不到家人，自己莫名其妙地被脱光衣服，手上插着这么多针管，脸上戴着氧气罩，大小便无法自主，吃东西要脱了氧气罩喂。他像困兽一样，被困在医院里，暴怒狂躁，但是又无能为力。

从 EICU 转到呼吸科病房后，父亲还是烦躁不安，嘟囔着不要待在这里，要回家去。大家和他讲道理，说他现在心脏、肺部都有积液，如果拿掉氧气罩，气就上不来，胸闷气急就会憋过去，现在不能回家。父亲又记挂，在医院得花很多钱吧？我和大姐说，你告诉父亲，待一天医院里都是有钱拿的。大姐对父亲说："你住院不用钱的，你是退休干部，住院非但不要钱，政府每天还补助你们 2000 元呢。你看看，你住一天就有 2000 元，村里的人干活一天才 200 元呢。"

父亲很诧异："还有这样的事情？政府对我们怎么这么好啊，住院还有钱拿，国家政策这么好啊，那真的对不住了。"

大家对他说："你好好地配合医生，就有钱拿的，医生这里每天都有登记的。表现好的话，好好挂水，多吃点东西，还有奖金拿。表现不好的，钱是要扣回去的，出院的时候统一结算。"

父亲安静了三天不吵不闹，每天见了大家问两件事："你饭吃了没？你妈妈好不好的？"我们说母亲没事，血压也好的，胃口也好的，等到父亲病情稳定下来就会来看他。年三十晚上，兄弟姐妹们和孙子孙女们都到病房看父亲，对父亲说过年了，外面爆竹声声呢。父亲很高兴，和重孙子重孙女们微信视频，拉着母亲的手一再叮嘱:“你要保重，千万不要和我一样哦。”

这20多天下来，我们大家的悲喜哀乐，几乎都围绕着父亲。父亲病床旁边那台监护仪，就像我们心情的指挥棒，在控制着我们的神经。从临观室到住院，从EICU转到普通病房，父亲每分钟的心率、血压、呼吸、血氧饱和度，随着这台仪器上曲线的起起伏伏，数据的高高低低，大家或高兴或轻松，或惶恐或不安。父亲每多喝一口牛奶，多吃一口米饭，多喝一口汤水，脸上气色有一点点转好，都会让大家中彩一样高兴。

真可谓屋漏偏逢连夜雨，我的这个年就像电影“人在囧途”一样。年前一周下雪天，车子好好停在路边，突然被对向来的车子撞了一扇门。过了两天下台阶，脑子分神一脚踩空，人从楼梯上重重摔了下去，右侧半边脸黑紫肿胀，眼睛肿得无法睁开。戴个口罩看着像是“功夫熊猫”，拿掉口罩看着就是“夜半歌声”，跑出去会吓死人。只能哀叹虎年凶猛，是祸躲不过，也许命中该当有这一劫吧。

好在医院里的父亲，在大家上午、下午、晚上轮班精心照顾下，从原来不能吃东西，慢慢地能吃面喝汤，慢慢地能自己坐在床上吃香蕉，自己拿勺子吃饭。从氧气罩拿掉三四分钟，氧饱和就往下掉的状态，到能拿十分钟样子了。虽然暂时没法出院，氧气罩无法脱身，肺部还是有积水，但是精神状态明显好起来，精气神足了起来，眼睛里有了光，眼睛灵活地转来转去。

父亲现在不提钱了，他怎么也不记得自己曾经去过EICU。

当他知道村里的老人有三个没了，其中有个还是在锅前沸油豆腐，当场走了。父亲听了之后唏嘘不已："你们这么说，我有数了，更要珍惜现在。感谢医院医生啊，我要慢慢好起来。"

年初五的高铁站和地铁里，都是熙熙攘攘返程的人流，挤挤挨挨，浩浩荡荡，带着孩子拉着行李，可谓左牵黄右擎苍，千骑卷平冈。以往看见这样熙攘拥挤的场景，我会下意识地往旁边躲闪回避。今天看见这些拎着鼓鼓囊囊行李的人，我的目光不由自主地追随和羡慕。我想，他们的行李里面，高速路上那些返程的车子后备箱里，肯定塞满了父母给的各式家乡味道，年糕、咸肉、山茶油啦，米粿、粽子、玉米饼啦，还有菜园子里霜打过的青菜，吃起来甜甜糯糯的咸肉青菜炒年糕，百吃不厌呢。

有一种温暖和爱，来自车子后备厢。有父母在，我们的后备箱、行李箱里，总是会被塞得满满当当的。这个春节虽然过得兵荒马乱、踉踉跄跄，但毕竟虎归山林去旧岁，春风送暖入屠苏，可爱而温顺的兔年，就那么蹦蹦跳跳地来了，充盈着无限的希望和欢喜。

买个腌缸好过年

办公室桌上来了一张稿费单，惹得姑娘、小伙一阵欢呼，说中午可以加个鸡腿，改善一下伙食。问起今年会不会聚餐，大家的眼神都迷茫朦胧得像遥远的山冈：大部门最后一顿聚餐，还是在七年前的屏风街那家东阳餐馆，那晚至少有五个人喝多了，哭的哭、笑的笑，过年好热闹。回忆往事的美好，总像体育场路那家羊草粉一样辣得我们泪流满面。现在的纸媒能有碗饭吃就不错了，别还总惦记喝酒吃肉的。这么多年，我们走着走着，不见白首，只见散伙。相见不如怀念，很多事情搁在心里想想就好了，别总像毛孩样冲动，非得去见什么几十年前的初恋，见了，就连个念想都没有了。

都说人性经不起考验，偏偏不信这个邪。年前双十一在淘宝上买了两件衣服，当时看着这么便宜的价格，就觉得不踏实。果然好奇害死猫，到现在两个月过去了，衣服还是在天上飞，物流显示商家发货了，但是查了单号说是不存在的，商家像潜在深海的谍报人员，不露面、不回复、不理睬。一只好奇猫死了，第二只好奇猫总要汲取教训吧。微信上找了个熟悉的店铺，买了五件衣服，元旦前家门口放着一件羽绒马甲，另外四件就没有影踪了。商家已经发货，物流上也看到包裹流程，但是到手的衣服就是只有一件。到底是半路货物掉出来了，还是快递员送货途中失误了，投诉电话打了好几个，每一次都是人工语音服务，鸟言鸟语很好听，就是不回答东西到底在哪里。

那天去菜鸟驿站找老板沟通，天是灰蒙蒙将要下雪的光景，整个城市建筑漂浮在虚无的雾霭中，说着说着，前尘往事突然涌上心头。想起西湖里弯腰驼背的残荷，想起很多年没有再吃的部门年夜饭，想起我那过年要穿的衣服一而再地莫名其妙到达不了终点，整个人突然有种想哭泣的冲动。往事如风，痴心只是难懂；借酒相送，送不走身影蒙蒙。我对驿站老板说：你放一首伤感一点的歌给我听吧，听完我就走，衣服算了，不要找了。

考研的小禾同学，一个人一座城，奋战三个月加入了浩浩荡荡的国内考研大部队。对于一个高中就是英语教学环境和一个学数学、计算机专业的学生，这场跨界艺术的考试，多少有点风萧萧兮易水寒的悲凉和独孤求败。心情低落时，偏逢屋漏际。晚上七点，我问禾同学有没有吃饭，她说刚接外送员电话，外卖又被偷了，给退款了需要重新点单。我对她说，不要给外卖员差评哦，大冬天的快过年了，大家都不容易呢。

年的气氛总归在一天天通往除夕的路上挪近了，家里涌进来不少东西，北货南调，熙熙攘攘的。新疆的羊肉、甜枣、酸奶，桐庐的土猪、土鸡，临安的核桃、冬笋，宁波的海鲜水产，诸暨的香榧年糕，等等。分神之际，微信上来了谢教授信息，说是有个快递电话进来，他正开会不方便接，辛苦我帮着回复。我就拨了电话："你好，你是送腌肉缸的快递员吗，谢老师在开会，不方便接电话。"对方声音甚是稳重，问我是谁。我说："我是收发室的王大花，谢老师说买了一个腌肉的缸，让我帮他接收一下，他的腌肉缸高度 44 厘米，外口径 38 厘米，内口径 37 厘米，可以腌制 80 斤肉，缸的材质肯定不是元青花，没有火石红，是青釉色老式陶制水缸哈。"对方问我怎么那么清楚，我自豪地回答："因为我有一块肉也要放在一起腌的，你就把缸放他家门口就行。"

对方就说好的好的，便挂了电话。中午，谢教授打电话过来，说学校领导知道他家里今年要腌 80 斤肉，另外他和社区邻里关系搞得很好，收发室的王大花同志，也有 10 斤肉要腌在他家里。

过年过年，又长一岁，应该更成熟更懂事了。虽每年都说王小二过年，一年不如一年的，但是毕竟是过年，有吃有喝的，还有新衣服穿。天青色等烟雨，而我在等腌缸，想起还有 10 斤腌肉可以炖笋、下酒、赏雪，心里，倒也是美滋滋的，美得很呢。

相隔千里却又百感交集

这几天，华东师大的学生发了这样的朋友圈："为了余华，华师大守夜排队，今早七点我到的时候，已经从九楼排到一楼，还好我知难而退，当然是因为排队一分钟就告知没有票了，火爆程度堪比水灯节。"前几天，余华在澳门城市大学做的"文学中的现实性"演讲上热搜，学生签名时拿去了史铁生的作品，余华把自己的名字划掉，写上了"铁生"。我女儿对我说，现在哔哩哔哩上，余华的浏览人次动辄几十万，不少都是00后呢。

去年《钱江晚报》举办的"春风悦读"，刘震云向余华调侃："今天上午论坛结束后，有个女孩拿着《活着》让我签名。哎呀，我到各地书店演讲，不下20次有人拿着《活着》让我签名，说刘老师，你这书怎么写得那么好啊。"

充其量我是一个文学爱好者，但是自从参加前年世界读书日活动后，我突然有种被唤醒的冲动，内心总有一样柔和的东

西在搅拌。那天是陆春祥老师主编的首届“风起江南”散文系列作品首发式，在台上，陆老师突然哽咽不成声：今天本该来的作者少了一位，这位老者是我们中国根艺高级美术师，兰溪市首批非物质文化遗产代表性传承人，老人家心心念念的书出来了，但是就在首发式的前几天，因为车祸走了。

陆春祥是我毕浦中学高一到高三的语文老师，几十年来学习和工作相处，第一次见他如此泪流满面，和他平时冷静理智的风格判若两人。在文学面前，陆老师展示了他的感性和柔软。

我手机里有一张珍贵的三人行照片，我蹲在地上举着竹筒饭，旁边是陈仓老师啃着玉米饼，周华诚老师剥着烤番薯，两人专注地盯着手上的食物，狼吞虎咽。地上放着一顶翻转的帽子，里面放着一两枚硬币。这是前年的秋天，广西文学杂志社和散文选刊联合举办的“重返故乡”活动，选择了第五届鲁迅文学奖得主陆春祥老家百江镇。我们在村里的活动中心吃的中饭，一张张原木的长条桌上，摆着新米做的寿司，有蒸南瓜、芋艿、土豆，有玉米饼、烤红薯、炸油条、糯米饭，等等，全村的妇女似乎都集中起来了，偌大的场地上大家生炉子、做玉米饼、沸油墩儿，忙得不亦乐乎。孩子们和村里的狗，高兴地相互逐闹，不远处田野里是望不到边的金色稻浪。

陈仓和周华诚刚刚进行了一场割稻子比赛，裁判就是陆春祥。两人的速度差不离，但是华诚老师割的稻茬低，稻子是一把一把的；陈仓老师割的稻子茬高，是一片一片的，原来西北出生的陈仓，是用割麦子的方法割的稻子。

首轮比赛不相上下的两位老师，从稻田来到饭桌上，又开始了新一轮吃饭比赛，华诚老师吃番薯，陈仓老师啃玉米饼，一口气啃完两个。同行的伍佰下老师在北京日报《一直游到稻田变黄》中记载了这段趣事：两位作家的吃相，真是惊到了我。黄土高原走出来的陈仓，全然没有了做新上海人多年培植起的优雅，蹲水泥墙根，“撕扯”起了黄米饼。浙西大地窜长出的高大汉子周华诚，手上对倒，抛掷着烘得皮红肉烂的番薯，用标准“老汉蹲”盘稳了身子，喘着热气快意消受着。

陈仓老师出生于70年代初，他把故乡背在背上行走，是“回不去的故乡，离不开的他乡”。华诚老师是70年代末的，从“父亲的水稻田”出发，一直探索“大地上的写作”。华诚老师的文字很美，他的书名也是美得不得了：《春山慢》《寻花帖》《廿四声》《空山隐》《草木滋味》《陪花再坐一会儿》，等等。

“柚花落的时候，厚质的花瓣铺陈异地，也使人心中生起一丝惆怅。柚花的香有一种悠远的力量，花瓣虽落，空气中犹有花的香。这就使人高兴起来，花落春仍在。天色已晚，暮色沉沉，他们都走了，我一个人留下，陪花再坐一会儿。”前段时间去磐安，没有想到作为老写手的磐安政协陈新森主席，也是华诚老师的资深粉丝。陈主席做过宣传部部长，我说像他这样把华诚老师每一篇稿子看过去碾过来，又反复推敲的宣传部部长，倒是不多见。大家在一个车上的时候，听他俩一直在谈写作，他说华诚在《新民晚报》上有一篇写茶叶的稿子，全文都没有写到茶叶，都是扯别的事情，就是结尾那句点到茶叶，怎么就取了个茶叶名字作标题，我说是叫作猴魁。陈部长说，就是么，但是全文没有写到茶叶，落尾处写“喝的茶是太平猴魁，安徽的茶”。陈部长又问，你的《流水辞》是去了泰顺一次还是几次，怎么就能写成这个样子？华诚说，我去了六七次，每次都待一个礼拜，才有了现在这本《流水辞》。华诚老师一个作家朋友看完全书的感受是，没有一个比喻是相同的。

陈仓老师说好的小说和散文，都不是写出来的，是活出来的，是用皮肉熬出来的。前年秋天，我们在百江镇和陈老师分开后，我把陈老师所有的书都买来看了。《我有一棵树》里面写刚烧好的木炭，没有烟，有火苗的香味，干净得真像刚刚洗过澡的女人。用这样的木炭写字，大门上、外边墙壁上，至今留着。“我妈弥留之际，村里下着大雪，我爹问我妈想吃什么，我妈说想吃油条。我爹提着油壶赶到镇上，在供销社赊了两斤菜油，大姐提着盆子在村子里借一升面粉，等我们把油条炸好，端到我妈面前的时候，我妈已经永远离开了，她最后一个愿望竟然落空了。当时，大姐拿起木炭，一边哭着一边在厨房的墙上记了一句：在某某家借面粉一升，爹在供销社赊菜油两斤。木炭写出来的那些字不会褪色，家里几次粉刷，我爹都没有擦掉它们，仍然保留着它们。它们清清楚楚的，一切宛如刚刚发生。”

读陈仓老师的书，会把人读哭。去年八月份，第八届鲁迅文学奖揭晓，陈仓凭借散文集《月光不是光》获奖，这部散文集多篇是写他父亲写他塔尔坪的故乡：“我漂泊的一生，可能需要两个坟墓，一个要用故乡的黄土掩埋我的影子，一个要用他乡的火焰焚化我的肉体。我在此立下一份遗嘱，在我死后，仅剩下一把骨头与几朵白云的时候，请不要让我自己和自己分开，在那块金色的麦地里，无名的小河边，为我的肉体和灵魂再安排一次重逢，让它们相互拥抱一下相互搅拌一下，就像安排一只蝴蝶落在一朵花上。我是世上最弱小最动荡的一根杂草，怎么经得起凌厉的风，撑得起两个碑。”有一天晚上，我醒来后发现，屋子里不知道什么东西在幽幽发光，像是萤火虫，我寻过去一看，是那本书《月光不是光》。原来，这本书封面印的一轮月亮，是经过特殊处理的，到了暗黑的夜里，就会发出莹色的光，像是故乡的召唤。

单位同事看我买书，一箱一箱地搬，问我看不看的，我说有的只能翻阅一下。那为什么还要不断买书呢，我笑说，这也是一种病，控制不了自己。如村上春树所说:就流泪来说我的年纪已过大，况且已体验了过多的事情。世界上存在着不能流泪的悲哀，这种悲哀无法向任何人解释。

但是阅读和文字，也许可以让我们抵抗这个孤独的世界，把悲哀放在心底，有力量和勇气战胜黑暗，走到亮光之处。可以在精神上得到和拥有，至少在内心做自己，有热爱，有尊严，有高贵，有理想，不再是那个被人摆布的小丑。十几年前，我翻过余华的《兄弟》，当时并未读到心里去。去年再看《兄弟》，那日是黄昏，快下雨了，初秋的天气已经有些阴冷，落叶开始一片片飘落。当我看到秋风扫落叶的时候，宋钢回到了刘镇，把带回来的三万元钱压在枕头下面。宋钢给林红和宋光头写了信，走出了刘镇，走到了铁路经过的地方，幸福地呼吸着傍晚新鲜的空气。他看见稻穗全披上了霞光，仿佛红玫瑰似的铺展开去，他觉得自己坐在了万花齐放的中央。“火车响声隆隆地从他腰部碾过去了，他临终的眼睛里留下的最后景象，就是一只孤零零的海鸟飞翔在万花齐放里。”

看到这段的时候，正是黑夜涌上来，宋钢没了，我忍不住泪流满面，后来止不住放声号啕大哭。黑夜像浓雾一样四周裹涌上来，包围着我抖颤的身体。在思绪纷乱孤独飘零的种种黑暗里，我的眼前突然出现了那些金色的麦浪、寂寂无闻的花朵，摇曳生姿，是守候我们内心春天的样子。

一次在福鼎喝白茶，年轻的诗人张二棍老师说：“喜欢文字的人，坏也坏不到哪里去，写作只是完成自己，不要在乎别的，因为除了我们自己说，没有人会替代我们讲述我们的心情，哪怕片言只语。”凯鲁亚克说：“写作的能力变成了一种盾牌、一种躲藏的方式，可以立时把痛苦转化为甜蜜。而当你年轻时，你是如此无能为力，只能苦苦挣扎，去观察，去感受。”

余生欢喜，可抵岁月情长。那些文字，是开在大地上的花，虽然我们相隔千里，却又是那样惺惺相惜、百感交集。

第五卷

Chapter 05

花令:“夏天的飞鸟,飞到我窗前唱歌,又飞去了。秋天的黄叶,它们没有什么可唱,只叹息一声,飞落在那里。”

哈罗不是一条狗子,哈罗是一个放羊好手。很多放羊的人都会在山上唱歌,隔着一条沟,男喊妹妹女唤哥。不知道哈罗放羊的时候,是在想什么。它趴在草坡上,也肯定喜欢看天上的鸟雀地上的花。哈罗那么聪明,会不会听得懂泰戈尔《飞鸟集》里面的诗:有朝一日,我会在另一个世界的日出时分,向你歌唱,“从前我见过你,在尘世的光阴里,在人的爱情里”。

雀鸟精和狐狸精

谁在山上放羊

雀鸟精和狐狸精

壹

53 岁的雀鸟精解江南和 47 岁的狐狸精杜秋娘结婚了，是闪婚，两人结识之后的第 24 天就扯了证。扯了证之后的两个月内，两人吵架斗嘴 20 次，说分手 8 次，预约离婚 2 次，想掐死对方的冲动 6 次，把日子过得和斗地主一样苦大仇深。

人在江湖飘，哪能不动刀。离异不稀奇，再婚也不难，难的是这个年纪的闪婚。一个单身十五年的中年女人和一个同样单着多年的中年男人，突然走在一起，天火勾地雷，宝塔镇河妖，就像山上彼此生长的两棵树，原来是各占一个山头，有各自的鸟、各自的草，各自头顶飘过的云，各自在山头上吃着火锅唱着歌，彩旗猎猎潇洒得劲得很。突然有一天，伐木工把这两棵树砍了，一起做成家具。你的枝干做成了抽屉，他的树根

做成了壁柜，你的榫头打进了我的胸膛，我的卯眼成了你的心脏，两棵不同树打制出来的家什，没有经过磨合，棱是棱、角是角的，半夜都会听到它们发出吱吱呀呀的声音。

旁观者清，当局者迷，一般大家都会相劝，总要相处一两年才决定是不是合适在一起，考虑成熟了再领证。都是人到中老年的，还玩闪婚，年轻人也不敢这么草率。这个事情怎么说呢，解江南和杜秋娘咋见面一看对方顺眼么，眼睛都是双的，鼻子不是整的，嘴巴是有圆弧的，性别是不一样的，恰好都单着，就相约半年之内领证。没过几天，觉得人生苦短只争朝夕，就说三个月吧。再后来两人一拍脑袋，反正大方向定了，何不快刀斩乱麻的来个了断，给那些只谈恋爱不结婚的耍流氓行为做个表率。人生哪里没风险，今天算不到明天，婚恋不也是一场赌博么，押局就押局，下注就下注了。结婚要昏头，离婚要敷冰，要不，民政局怎么会设一个月的离婚冷静期呢。

登记前，两人喊对方亲爱的，没几天就喊鸟人。再往后，就喊雀（毕节方言，此处雀 que 读第二声）鸟精和狐狸精。新闻上报道贵州有位老兄喝酒打消防电话，说有人要烧他房子。问是谁干的，他说是一只雀鸟精勾引了三只狐狸精，它们在烧他房子。消防队员来了之后一看，是酒鬼自己把床垫烧了。杜秋娘歪着头看了解江南半天，说孔雀算不算雀鸟类，如果是的话，你就是雀鸟精。解江南你那么好为人师，就像一只开屏的孔雀。公雀开屏，是为了吸引雌雀，到处炫耀它美丽的尾巴，可别一不小心露出屁股哦。解江南说，一听杜秋娘这三个字，就是狐狸精嘛。

杜秋娘的名字是她奶奶取的，奶奶喜欢听杜十娘的故事，就取了这个名字，咋听上去还真的像聊斋里面的狐狸。奶奶说，狐狸又咋了？狐狸也是生灵呢，聊斋里面的狐狸精，大多是善良的呢。

确切地说，杜秋娘是被解江南从传达室里捡来的，而且是在七夕节。

那天，杜秋娘拎了两箱酒到小区传达室，丁大姐几个人烧了点卤味，大家说好在传达室吃夜宵。杜秋娘的微信上跳出了几个字“节日快乐”，是解江南发来的。杜秋娘很奇怪问今天是什么节，解江南说七夕，杜秋娘说同乐同乐。解江南问你在干吗呢，回答说是在传达室和一帮老头老太喝酒。

杜秋娘住的是一个杭州老旧小区，没有电梯，一个楼梯有两三户人家。住在这里最大的好处是和单位近在咫尺，一根绳子就可以荡过去。钉钉打卡竟然都在范围之内，领导要找人，三五分钟就可以现身。要说有麻烦，就是小区里的大伯大妈都是朝阳人民群众，每天从早上六点开始到晚上十二点，传达室都有人在，不同班次，不同人马，像三班倒一样敬业准时。哪天早上起来晚了，上班迟了，他们就说你今天怎么这么晚的，上班迟到了耶。晚上回家晚了，老头老太们就会查岗，你怎么这么晚回来的，去哪里了，和哪个帅哥约会喝酒了，等等。

传达室的话题和做新闻一样，是随着当前社会热点、国际形势、季节气候而变化的，分为时政类、民生类、社会类及热点动态类，等等，杭州的豹子出逃啦，云南大象出走啦，神州载人飞船发射成功啦，虾鱼肉菜今天什么价格，昨晚哪对夫妻吵架了，等等。

杜秋娘接到解江南的微信，觉得好笑，什么七夕八夕的，连春节都没有地方可去，还什么牛郎织女，单身了十五年，自己都已经分辨不出是雌雄了。

问清楚了地址，解江南开车到了小区传达室，见到了杜秋娘。眼前的杜秋娘像株风中凌乱的草，左小腿上贴着创可贴，右膝盖上一大块淤青，整个人像是从战场铩羽而归的士兵。

贰

确切地说，这是解江南和杜秋娘的第二次见面。杜秋娘那天穿了一双高跟鞋，站在西湖旁空谷传声游步道的一块石头上拍荷花，脚底一滑，差点跌入湖里，幸亏旁边在拍照的一位男子快速抓住了她。

杜秋娘就这样认识了解江南。杜秋娘说西湖的荷花叶子像断弦的琵琶，最牛的肖邦也弹不出心底的忧伤;断桥的残荷支棱着灰黑的身子，是举着昨夜熄灭的灯笼。北山路上飘落的法国梧桐叶翩跹起舞，春花秋月何时了，往事知多少。解江南说，秋季的杭州西湖多美啊，充满着独特的气质韵味，荷花只有在西湖里，才展现她最美的气质。天上的浮云，摇橹的小船，浮游的野鸭，步道旁典雅的人文气质，别的地方荷花纵使绵延几十里地，就是和西湖的荷花气质不一样，没有这个韵味。女人如花，只有遇见她合适的土壤，才会有最美的绽放。

解江南十几年来一直保留着去西湖边看荷花的习惯。他经常六点出门沿西湖走半圈，夏天碧色连天，秋天残枝绰约，再去楼外楼吃一碗十元钱的片儿川。外地人不知道片儿川是什么意思，这是杭州人最喜欢的面点之一，用雪里蕻菜、笋片、茭白和瘦肉片做浇头，汤汁鲜美。楼外楼的片儿川每天限售300碗，七点到八点开卖，每天早晨，很多年纪大的老杭州人排着队拎着茶杯鱼贯而入，和老朋友们看看西湖聊聊天。

解江南的包里放着吊床，西湖边的美女峰有一处他的秘密领地。他像鸟一样，能把自己挂在树上大半天。有的时候用iPad看一部电影，有的时候什么也不干，就在吊床上发呆睡觉。

杜秋娘听得走神，她想一个大学教授，怎么能得空这么悠闲，再看解教授传来的一日三餐图片，杜秋娘更是觉得羞愧。单身这么多年，她吃得最多的是方便面。眼前橙色的是蒸南瓜，绿色的是清明团子，还有白粥和煮鸡蛋，清明团子下面垫着纱布，小菜配了霉豆腐和榨菜，杜秋娘好奇一个人的早餐怎么会吃得这么多。解江南说，从养生角度讲，早餐要吃得像皇帝，晚餐吃得像乞丐。

所有生活中的坏习惯，杜秋娘几乎五毒俱全，嗜辣、熬夜，吃方便面、不吃早餐，不喜喝水和水果。与此相反，解教授倒是典型的“五好学生”：不抽烟、不喝酒、不熬夜、不吃外卖、不无效社交，每天六点起床锻炼，生活极为规整和自律，喜欢爬山看云，听鸟观虫。他说，有空你一定要去南疆看看，大自然太美了，你会很震撼，肯定会有完全不一样的人生感悟和体验，他自驾去过 11 次，每次感觉都不雷同。

余华说过：“有的女孩子什么都不用做，嫁得良人一生幸福；有的女孩天生善良，可是人间疾苦，一样不落。命运就像蒲公英，风起而涌，风止而息，落到肥处迎风长，落到瘦处苦一生。如果无能为力，那就顺其自然，如果心无所待，那就随遇而安。”杜秋娘深以为然，人各有命，女人的命运大多是天定的，有的被老天宠着，有的被老天虐着。如果一个女人长得好看，家庭背景又好，再嫁个能干的老公，这样的女人是天生来享福的，衣食无忧，不需要抛头露面，坐在家里舒舒服服地养尊处优。长得好看的女人，自然能得到大家更多的宠爱和呵护。长得不好看，有家庭背景的，父母亲也早早给她预备台阶、做好规划，选择门当户对的人嫁了，生活也会过得波澜不惊。命好的女人，自然不需要被动无奈地应酬社交，她们都是某某太太，自带标签，就像手上拎着的名牌包包，脸上涂抹的奢侈品，是尊贵而矜持的。

如果女人长得不出挑，又没有家庭背景，嫁的人又不咋地，那该当就是劳碌命了。一个赤手空拳的女人漂到这座城市，要买房子，要给孩子赚学费，要给自己攒未来，不像母鸡一样到外面刨食，还能像鸵鸟一样缩着脖子？杜秋娘一无所有的时候，恨不得把自己挂在肉摊上卖了，她倒是去摊位上看过一排排猪肉，掂了掂自己不到一百斤的分量，按照最高黑土猪肉价能卖多少。在柴米油盐的现实生活面前，矜持和娇贵，都是吃饱了撑的。远方和梦想，往往抵挡不了实际的冷峻和苍凉。有些痛苦也许一辈子如影随形，无法释怀，它像一根刺，深深地扎在心里，像是身体上的一个刀疤，长久留着印记。没有经历过战争的人，是无法理解从枪林弹雨中活过来的感觉，即使战斗赢了，面对着硝烟弥漫的沟壕，面对着死伤遍地的血腥，是难以有胜利快感的，那种空洞茫然和不知所措，会让每一根神经都痛苦和哀伤。这样的记忆，如马亚纳海沟，深不见底，也像是茫茫大海上夜航的破船，绝望、黑暗，无边的冰冷和悲痛，那样沉寂的黑、那样刺骨的冷，没有尽头。

杜秋娘一边看着解江南说话，心里却万马奔腾。一边笑吟吟对解江南说，我是被生活揍过，被老天踩过、践踏过的，皮厚肉糙，对疼痛早已麻木和迟钝。狐狸要成精，不经过九九八十一难，不上刀山下火海的，怎么能超度重生呢。解教授你也别把我当个正常人看，我自己都觉得自己不大正常，我对领导说我有抑郁和焦虑症，别克扣我部门奖金。有年夏天，我们集体定做了一件“我要控制我自己”的T恤，大家齐刷刷穿着去开会，领导当场拍案叫绝，说我们业绩做得好，年终要嘉奖。

人生就是这样的奇妙，解江南给她带来的是另外的一个世界。这个世界天高云淡，风和日丽，是暖风轻拂着沙滩，是小鸟展开翅膀，是松泉流过岩石的缓慢清澈。这个世界不再只是撕裂和痛苦，欺骗和伪装，不再纠结于日常的鸡毛和狗屎，生活原来也是可以放下执念、放下烦琐，也可以不用像驴子一样，整日围着磨盘转。断桥不断，西泠不冷，她不由想起弘一法师写的四个字："悲欣交集"。人生，真的是一个悲欣交集的旅程。

在还没有领证之前，解教授说，酒好啊，酒是药引子，酒后吐真言，能把我们平时不想说、不敢说、不愿意说的话，都表达出来了。我过去也是喝酒的，现在不喝了，但是我可以给你烧几个下酒菜。我有个大冰柜，里面放着不少食材。有新疆的蜂蜜、红枣、枸杞，温州台州的黄鱼、海鱼、鳗鲞，农村里养的土鸡、土猪肉，还有不少时令菜呢，小笋、荠菜、蕨菜、香椿，等等，你想吃什么，开个菜单，我速度很快的，马上给你捯饬出一桌。嗯，我母亲以前也是喝酒的，酒量大着呢，白酒有半斤。我父亲说过，我家找媳妇有个祖传习惯，每一代都有个媳妇是会喝酒的。

杜秋娘那个高兴啊，酒逢知己千杯少，话不投机半句多。这回，不仅可以名正言顺喝酒，旁边还备着个大厨神厨。往后，可有着神仙日子过了。

七夕节后不久，解教授接她去家里吃饭。在解教授烧的一桌下酒菜和他温暖如春的亲切眼神下，在朦胧迷醉的云蒸霞蔚中，杜秋娘似乎来到了神圣的教堂，她对面坐着一个慈祥柔和可包容天地的教父。她开始一五一十回顾和痛陈自己狼狈的过往，有十五年单身过程中的交往情史，有生活带给自己的压抑、憋屈和错失，有被狼藉的现实狠狠踩在地上像狗屎样的摩擦和教训。说到后面，连在大学里到郊外偷番茄和黄瓜的事情都讲了。她全然忘记了自己到这里喝酒的初衷，本来她是抱着一个女人的好奇心和内心深处藏着的偷窥欲望，借此探听一下对方的过往和行踪。几罐黑啤下肚，她就如叛徒一样失去了抵挡的意志，像在教堂里的忏悔者一样，对自己的前半生搜肠刮肚，甚至不放过任何一个细节。生活虐我万千，我待生活如初恋。所有的伤心委屈、幽暗不公，和残存的丝缕幸福凭吊，全部如竹筒倒豆子一样倒得干干净净，不留一点存货。那些未曾消失的期待一如石头缝里伸出来的花骨朵，在这个夏夜随风摇曳。谢江南笑眯眯地听着，像一株佛系散开的树，张开着宽容慈悲的树洞，释放出人间最温暖的霞光和慈祥。然后说了一句："你是我认识和交往以来最纯净的女人。"

杜秋娘当场感动得一塌糊涂，眼泪唰唰流着。是在茫茫的暗夜里，终于等来了一场期待已久的流星雨，是迷路的旅人终于看到了启明星，一颗沉寂了十几年的心，就这么壁咚壁咚开始有了欢跳和复苏。杜秋娘想起自己小时候放鸭子迷路了，走了很久的夜路找不到家，当她绝望地在溪滩芦苇里哭泣时，哥哥姐姐们打着手电喊着她的名字找到了她。

于是，在这个月黑风高的夜晚，豪情万丈的杜秋娘决定把自己嫁了，谦谦儒雅、理性睿智的解教授当场也热血沸腾做了一番表白。解教授一直和别人说，最爱的季节就是秋天，对秋天百看不厌，对秋天深深迷恋。杜秋娘的笔名叫作秋天，娶了秋娘，就相当于把秋天娶回了家。琴瑟有和鸣，白首不分离，山无棱，天地合，乃敢与君绝。两人看了一下日历，择日不如撞日，初秋正是好时光，稻穗成熟，农夫收割。一年 24 个节气，24 个节气就是一年的轮回，不枉岁月，只争朝夕。在七夕节认识之后的第 24 天，两人去市民中心领了证。证件照拍得很好看，像众多小年轻拍结婚照一样穿着白衬衫，男的像余则成，女的像翠萍，眉眼之间还颇有夫妻像。

叁

男人的嘴，骗人的鬼。快乐的日子总是短暂的，而磕磕碰碰的日子，似乎就此相伴。两人锅碗瓢盆的日子没有几天，各自藏着掖着的尾巴，就开始露出来了。只不过，狐狸精会大喊："我在这儿呢。"雀鸟精老奸巨猾包藏祸心，尾巴短，见识长，始终把自己掩藏伪装得好好的，像狙击手一样埋伏着一动不动，放长线钓大鱼，平心静气瞅准时间收网，一举击中。

成也萧何败也萧何，狐狸精在第一个回合中就被雀鸟精打得败下阵来。

杜秋娘说我有个绰号叫作酒癫，解江南说癫好啊，癫是最高境界么，济公才有资格称癫。美女能做个酒癫，那岂不是莫大荣幸？在多少个无人诉说的夜晚，酒陪伴着杜秋娘从黄昏到黑夜，从黑夜到黎明，漫漫长夜，何以当歌。酒陪着哭陪着笑，陪着眼泪和苦恼，酒是哥们和知己，埋藏着一个中年人不为人知的秘密。解江南笑眯眯地听着这些漫无边际的无稽之谈，暗地里早就不动声色对酒做了一个剪刀手。

末几，杜秋娘和解江南请朋友吃饭，号称千杯不醉笑傲红尘的狐狸精，三杯下去就趴在了桌上。解江南扶着她从酒店出来，找了一块圆形石墩让她坐着等他取车。一回头，就看见狐狸精坐在地上，抱着大石墩唱：“我酿的酒喝不醉我自己，你唱的歌却让我一醉不起。”

解江南恨不得一个笃栗子过去。这里每天有人遛狗，石墩子旁不知道有多少狗啊猫的在这里撒尿拉屎。解江南赶紧去拉她起来，杜秋娘整个人酥软得没有骨头，左边拉起来，右边倒下去，右边拉起来，左边倒下去，像一袋立不住的面粉。解江南只好把她背上肩，平时看似轻盈瘦弱的雀鸟精，此刻重有千钧，左右还挂着两只沉甸甸的包，解江南步履蹒跚像是爬雪山过草地，狼狈极了。

那次饭局后，解江南就不让杜秋娘碰酒了。他像一个老中医，从头到脚给她做诊断和开处方。脸颊上的斑点不是太阳晒的，是酒精引发的肝斑。手心的掌纹，是因为喝酒导致的肝受损，喝酒断片，就是老年痴呆症的前兆。喝酒百害无一利，心梗、脑猝、抑郁、老年痴呆，是狐狸精人生的万恶之魔和罪魁祸首。雀鸟精的出现，就是上帝派来的使者，拯救她于水深火热中。

解江南学的是机械和计算机，在大学里负责电子、计算机和智能信息。他的每一天每一时，就像闹钟一样准点、有序和规律。对时间的描述，是用几刻来表达的，他说秋娘我五点三刻来接你，前后不会超过两三分钟时差。杜秋娘很奇怪，就不能说 5 点 30 分、5 点 45 分来接我吗，非得说两刻钟、三刻钟的。第一次去解江南家里的时候，她就注意到不同的房间放着单独的拖鞋，分层挂着用途不一的毛巾。卫生间和厨房间是最能体现一个人生活习惯的，解江南把这两处整理得有条有理，像是他计算机学院的代码一样。出差在宾馆住宿，要用开水仔仔细细把马桶烫过、泡过，到秋娘老家做客，解江南自己带了被套褥单，说是不给家人添麻烦，省的洗被子床单。

一直以来，杜秋娘的内心就对理工男有某种隐约期待，尤其是 12 月份的摩羯座。对于过于散漫拖延和无脑的自己，这样理智冷静甚至有点刻板的类型，或许是个互补。有段时间，她发现自己走路发微信总会磕磕碰碰，问女儿这是为什么，她说这是智商问题。杜秋娘问自己的智商是多少，女儿说 100 分。杜秋娘正嘚瑟，以为拿了个满分。女儿接着说，100 分就是正常及格的分数，这样的智商一个时间段只能做一件事，走路不要想心事，容易摔倒，吃饭不要看手机，容易噎着。一个时间段，就考虑一个问题，否则大脑容量不够，像电线一样容易短路和断开。

解江南说了，理工男的情商都很低的，哪有你们从事文字的圆润贯通。一开始，杜秋娘还洋洋自得，以为拿捏了一个机械古板的电路教授。在报社工作了 20 多年，秋娘的生物钟早习惯了某些散漫、无序和慵懒。那些天马行空的想法，时常在她的脑海里狼奔豕突。10 多年的单身生活，自己更像一只放养在荒郊野外的兔子，自由、不拘和洒脱。单位里有句话，女的当男的用，男的当机器用，报社工作几乎没有性别之分。认识解江南之前，没有特殊情况，杜秋娘一般都是8点多起床，遇到双休和节假日，更是睡到十点过后或中午。她对解教授说，你看看我的眼睛，早上起来瞌睡懵懂得眯成一条缝，浮肿得睁不开，越到晚上眼睛越大越有精神，到了凌晨两三点钟，我的眼睛就是铜铃那么大，这就是夜猫子的标志，你不能违反动物的天性吧。

睡觉吃饭么，不过是生物钟前拨后调的问题，倒也不至于没了活路。最要命的是不让喝酒，这让杜秋娘原来呼朋唤友的喧闹生活瞬间沉寂，失去了以往的鲜亮和欢腾，往日一起举杯推盏的哥们再也不敢来喊她饭局。她被人从川流不息的旋涡中拽了出来，抛到了冷冷清清的边缘地带。

国庆节同学来电话说聚会，杀土鸡、烤全羊、做竹筒饭，热烈庆祝狐狸精被人类正式收编。结果解教授一本正经在饭桌上说，雀鸟精答应过不喝酒的，喝了就是破戒，就赎不了真身，他立马就走。弄得狐狸精一点面子都没有，贼下不来台。

杜秋娘也不是没有反抗和还击过，她一向喜欢看那些以少胜多、以弱胜强的电视剧，《亮剑》《雪豹》里面，都有擒贼先擒王、直捣黄龙中心的战例，游击战术中“敌进我退，敌驻我扰，敌疲我打，敌退我追”的十六字方针言犹在耳。正面战场既然不能突破，何不深入生活，做一把插入敌人内部的尖刀，翠萍也好，余则成也罢，润物细无声地卧底潜伏下来，待时机成熟给他点颜色看看，也好知道狐狸精的厉害。

杜秋娘一向最怕蛇，只要想到蛇就会毛骨悚然，更不要说看到蛇，那还不晕过去。她想如果给解教授寄一条蛇，他收到岂不脸色惨白当场惯翻？她寻思去河坊街买一条玩具蛇寄给他，现在的玩具蛇做得很逼真，猛地从快递箱子里掏出来，吐着舌头的，解教授肯定吓得屁滚尿流。夜里，她试探问起雀鸟精，对蛇怎么看。雀鸟精轻描淡写地说:蛇见了他都是狼狈逃窜，他农村里长大，从小就会捕蛇。有一次他追一条蛇，直接从两米高的土坎跳下去，那蛇在前面逃，他在后面紧追不舍，一直被他追得逃到了一处荒郊老坟，哧溜一下钻进去不见了。杜秋娘听得目瞪口呆汗毛倒竖，当晚睡觉一直做噩梦，梦见自己被蛇咬了。

几天后，杜秋娘让他看一个稿子：53 岁的解教授是个大学老师，也是个经验丰富的情场高手，之前谈的对象没有半个连也有一个排。虽年过五十已知天命，但因为保养得当，每天健身运动，看起来不过奔五的样子。走在林荫小道上，像一只骄傲的大公鸡，昂着彩冠抖擞着尾巴，眉目盼兮秋波送兮，倒也引来不少流连目光。上自中年妇女，下至三十少妇，偶尔也不乏大龄女青年。对此，他一直洋洋自得，深以为傲。殊不知，这个看似谦谦君子的谢教授，骨子里一肚子男盗女娼，年轻时候钻录像厅看有色片子，互联网时代在网上撩妹，一把老骨头了还躲在家里看《金瓶梅》。他就像一只春蟓，名字听起来很文艺和威风，以为自己像薰衣草样喷喷香，实际上春蟓就是臭屁虫。

秋娘暗中观察雀鸟精的反应，期待一场暴风雨的来临。未料，教授一边喝咖啡一边看报纸，云淡风轻地说："哎呀写得太好了。如果知道我是西门庆，到学院门口找我的美女岂不是排长队啊？"

肆

今年杭州的秋天非常奇怪，明明是秋季，天气暖和得像是入春。樱花开了，桃花开了，桂花在万千人的等待中，就是憋着。一直拖了一个礼拜，一夜之间忽然开得不可收拾，繁星点点，香溢十里。

雀鸟精像是接到花神通知一样，一大早就去西湖边看哪里的丹桂挂串最好看，树冠最大，哪里的金桂造型最美，哪里的银桂成色最通透，他如数家珍，滔滔不绝。午后坐在院子里喝茶，头顶的桂花脱落几枚到茶杯里，好不逍遥自得，一副神仙不换的样子，他顺手发给狐狸精一首歌《斯卡布罗集市》。说年轻时候听它，时光悠长，未来的道路和山外的世界多让人向往。人到中年再听，似乎抚摸到了大地的结实和沧桑。

狐狸精一边听一边对雀鸟精发出灵魂拷问：过去单身的你，多自由和潇洒，会给半夜喝闷酒的小妹妹当知心大哥、做树洞。每个人的过去，有故事有事故，那样的事故和故事，总是在心里印下痕迹。人都是有通病，得到了不珍惜，失去了又倍加怀念，那样的怀念，会像炭盆里的微火，影影绰绰，留在心里生生不息，在寂冷的夜晚，会产生很多的回想和回忆，只要有一点点合适的导火源，那些残息的烟火就会引发出回应的火苗，那些多情的火苗就会导致熊熊烈火，然后就会开启老房子着火或者旧情复燃的故事。你是不是在内心里，对这样的婚姻和按部就班的家庭生活，是抵触和不满的。现在想出去逍遥吧，也不能像之前单身那样自由和不管不顾。即使不对外界说闪婚了，内心里想必也是有道德束缚，不能全然放开。忧伤肯定是忧伤的，否则不会让我听《斯卡布罗集市》，那是一首怀念过去恋人的老歌，怀念斯卡布罗集市的一位姑娘，那里有香芹鼠尾草和迷迭香，那里有一位喜欢你的姑娘，她会用细麻布给你做没有口袋、不用缝制的衬衫，这件衬衫你可以穿着走向战场走向埋葬你的山冈，走向最终的归途，走向遥远的天际。

解教授直喊老天：我的天爷，我只知道《斯卡布罗集市》是一首老歌，好听而已，哪里知道什么香芹鼠尾草迷迭香。我总想多活几年，怎么可能想立马走上山冈埋葬自己呢？你说你最喜欢舒伯特的"小夜曲"，什么"在这幽静的小树林里，爱人我等待你！皎洁月光照耀大地，树梢在耳语"……你看看，我发给你是白天的集市，大白天总不能干什么坏事，赶集的人多，想干坏事也干不来啊。你发的却是小夜曲，月黑风高夜，杀人越货时啊。

雀鸟精单位秋游，邀请家属一起参加爬五云山捡垃圾活动，这是西湖群山中海拔最高的山峰之一。十里琅珰，杭州的秋天真是美艳绝了，满坡层层绿色，郁郁葱葱的茶园充满了浓郁的文艺气质。

三个多小时连拉带拽的，好不容易走完几十里路的全程，大伙气喘吁吁到达雷迪森酒店喝自助茶。秋风煦暖，丹桂飘香，狐狸精拿了盘子，跑了三趟取餐处，吃了起码有十个鸡翅。一边吃，还一边对雀鸟精同事说："我们家里就是没有鸡翅吃，解教授平时可小气了。吃鸡翅，那是过年才有的呢。啥，香槟酒和你们碰下？我喝酒要先打报告，某人像皇帝一样，圣口不开，我就不能赦免。没有领导批示同意，我哪里敢喝酒，会被赶到垃圾桶旁边的。”

巴拉巴拉，狐狸精滔滔不绝说考大家一个题目:你说一个浴缸里放满了水，旁边放一个大勺子一个小勺子，用什么办法能尽快把浴缸里的水给放出去。用大勺子？恭喜你答对了。你看这道题目我们十一个人，有七个说用大勺子，一个人说把浴缸砸了，只有三个人说拔掉浴缸塞子。亲爱的病友们，除了你们这三个人可以出院，其他几个人继续留院观察。据说这是精神科医生测试病人可不可以出院的一道题。

解江南一脸无奈和苦涩，尴尬地和大家解释:“你们别听她的，胡说八道，我有个女同学就在精神病医院当护士长，我怎么从来没有听说过有这样的测试题。”

狐狸精得意扬扬地告诉大家:“本来我是要在医院多住一阵子的，你们解教授托了同学关系，提早把我放出来了。”

有一天回家，狐狸精看到门上挂着一把新的竹丝扫帚，旁边还贴着一张卡片，上面写着“降狐神器”。未几天，雀鸟精回家一开门，猛地看见黑咕隆咚的房间里立着一个大物件。仔细一看，是一只塑料孔雀。旁边还有一幅漫画，一个戴着眼镜模样的人摇头晃脑走在校园里，甩手甩腿，后面挂着一个盛开的孔雀尾巴，眼睛滴溜溜地转来转去找旁边的母孔雀，垂涎欲滴流着口水，样子滑稽而猥琐。

每个撕扯的过程，就是相爱相杀，每个搏击的分秒，都是金戈铁马。一句话，一处眼神，一个动作，一片不合时宜的秋叶，一个莫名其妙的电话，都会引起一场旋风般的争吵，一次半夜离家出走。分手、复合，复合，分手。前面一秒钟还是你侬我侬像蜜糖梨膏，后面一秒就是怒目相向雷鸣电闪。两人像是两只沙包，堵在了一个窄小的沟渠里，谁都不肯让着谁，连空气都停止流通了，令人窒息。

杜秋娘想起自己读中学时候，学校离家50里地，没有通车，她骑着父亲的自行车去上学。那是一辆28英寸永久牌自行车，个子娇小的她，蹬在自行车上，像是一只鸟停在了树枝丫。有一次骑车经过一段长长的田塍路，新填的淤泥腻滑得像是踩在冰上。偏偏这时，田埂路对面踱来了一头牛。那是一头年轻的黄色公牛，毛色发亮，双眼炯炯。估计是刚下田干活的牛毛孩，也许是被主人训斥或教训过，反正那头牛看起来脾气很不好，睁着一双溜圆的眼睛，怒气冲冲地站在田塍上，路被它堵得严严实实。

那应该是春末夏初种水稻的季节，田塍那边是一头愤懑的小黄牛，这头是一个跨在自行车上不知所措的女孩子。待杜秋娘看清那头牛怒目圆睁，再低头看自己穿了一件红衣裳，感觉大事不妙。她刚想调转车头，但是已经来不及了，那头牛一个箭步上前，双角挑了下自行车，杜秋娘和她的28英寸自行车就被甩到了旁边一个水塘里，幸亏水不深，只是到了小腿的位置。但是自行车上驮着的米和一个星期吃的霉干菜，全被牛给顶没了。

吵架时，怒目而视的两个人，就像两头在田埂上顶着犄角的牛，谁也不让谁。

两人各怀心事谁也不理谁，解江南在书房刚打了个盹，就听见杜秋娘不知道折腾什么，偷偷睁眼一看，见杜秋娘在门把上系了一根细细长长的白线，一头握在手上比画。脚边不知道什么时候多了一个工具箱，老虎钳、锤子、钳子、剪刀丁零当啷在摆弄。解江南立马没了瞌睡，惊悚坐起来问杜秋娘想干吗，不会谋财弑夫吧。杜秋娘悠悠地说："拔牙。上次陪你去牙科诊所，你种的两颗牙齿是我埋单的，当时不是说好的吗，分手时这两颗牙齿要还给我的。"

解江南大惊："等等等等，我说给你钱，你不要，我可以给你双倍么，你这个榔头、斧子的拿远一点，这么尖锐的东西会伤害到人的。"

杜秋娘握着绳子，拿着老虎钳走上前："我只要实物，不图钱财，来来来，把嘴巴啊张开，小的时候拔牙齿，都是用一根绳子把牙齿拴住，另一头系在门上，门用力一关，牙齿就掉了，我有经验，不痛，很快完成。"

解江南脸色煞白，跳起来就往外跑。上个月杜秋娘陪他种牙，要先拔了再种，因为麻药打早了，等到拔牙时，麻药效用过去了，一向矜持的雀鸟精竟然嗷嗷叫了起来，脸上还挂了泪水。当时是杜秋娘付的钱，开玩笑说以后分手了，这两颗牙齿是要拔下来还给她的。没有想到，这个家伙还来真的了。

想到雀鸟精拔牙时候的龇牙咧嘴和鬼哭狼嚎，杜秋娘得意极了，忍不住前仰后合哈哈大笑起来。

伍

原先从不去菜场的杜秋娘最近对买菜产生了强烈的兴趣。他们住的社区旁开了一家大型生鲜店，海鲜、河鱼、猪肉、羊肉，还有各类蔬菜和豆制品，红黄白绿，琳琅满当。这家店卖菜很有意思，白天全价，傍晚以后开始打折，每隔半个小时一个折扣。七点九折，八点七折，九点五折，但是每个人的购买时间只有15分钟。那些早早选了菜又掐着点埋单的大伯大妈，就总和不断催促的营业员起冲突。杜秋娘拉着解江南去店里，笑眯眯地看着大伯大妈们为几毛几分钱抬杠算计和吵架嚷嚷，空气里流淌着浓烈的方言和市井烟火气。

他们现在暂住的小区原来是城郊接合部，拆迁使得这里的农民改头换面成了土豪。有钱人的日子就是不一样，明明有三四套房子，但还是在小区里搞卫生捡纸板箱。有钱人养的狗也不一样，那些狗恃宠而骄，总在半夜汪汪地叫。解江南和物业说了几次，摆事实讲道理，物业当面满口答应说会有整改方案，回头老方一贴。杜秋娘说算了算了，为了两只狗子，和小区里彪悍的大妈们较劲结怨，万一哪天被拍砖可划不来，这种事情不能硬碰，要智取。

最近楼上的狗半夜叫得倒是少了，因为只要一叫，楼下的狗叫得更凶，而且除了狗叫声外，还有猫叫、公鸡叫，最可怕的还有藏獒叫和一两声狼嚎。物业来过，查不出声源到底出自哪里。这里几个电梯上来是一排住户，公寓设计多是回型结构。杜秋娘见了物业也是一脸懊恼:“也不知道哪户人家养了大型犬，是不是有狼狗啊，那半夜叫得太瘆人了。这个小区的狗啊猫的，你们不管不行呐，万一有人打政府投诉电话，街道社区年底扣分咋办。”

“我得意地笑又得意地笑，笑看红尘人不老。”洋洋自得的杜秋娘哼着小曲回到家，她对谢江南讲了这么一个笑话。一户人家养了一只鹦鹉，有个抄水表的上门抄水表，咚咚咚敲门，鹦鹉说：“Who are you?”抄水表的一听，这里面咋还住个老外么，就说：“抄水表的。”鹦鹉再问：“Who are you?”抄水表的回答：“抄水表的。”等到主人傍晚下班回来，抄水表的在门外面问：“Who are you?”鹦鹉在里面回答：“抄水表的。”

当时，杜秋娘的小区楼下，天天挂着一只鹦鹉。杜秋娘刚好负责发行，那年报社的发行广告词是：“杭州日报，天天好报。”杜秋娘就天天教鹦鹉说这几句话，年底拎着鹦鹉在集团联欢会上一表演，把报社老总乐得哈哈哈。

鸡啊、鸭啊、狗啊、猫啊，甚至狼嚎、野猪啊，等等，这些动物叫声杜秋娘张口就来，学得有模有样。中午同事们关了灯午休，到点了还不见起身，杜秋娘卷起杂志当喇叭公鸡一打鸣：“喔喔喔——喔！”所有人都噼里啪啦起来了。每次解江南看见她躲在房间里，回应楼上的狗叫，真的是又好气又好笑。还别说，一阵子下来，楼上的狗子乖巧多了。有一次那狗子和主人在电梯里遇见雀鸟精和狐狸精，狐狸精大声地说：“我们家的腌缸要到了吧，那腌缸可以腌 80 斤肉，也不一定要腌那么多猪肉，有个 30 斤够吃了，别的肉，也是可以腌点的。”一边说，一边拿眼睛瞪着狗子。那狗子听了挂下眼睛，垂下尾巴，怯怯地往主人脚后跟处躲闪。

一天晚上，雀鸟精和狐狸精夜探西溪湿地。深秋月光下的西溪，芦苇在微风中摇曳，交头接耳在呢喃。金黄的银杏和酡红的枫树，以它们最深情的姿态相拥。远处几处白色屋子，透着星星点点的灯火，倒映在幽静清澈的水面上，梦幻般透露出斑驳的色彩。

夜晚的湿地空寂无人，白天热闹的店铺，晚上空荡荡的，寂寥而冷清。红灯笼挂在各家店铺门口，幽幽晃晃的显得空远。两只大肥猫，一只黑色，一只黄色，咪咪低唤，悠哉游哉在两人跟前踱着老板的方步。解江南忽然蹿了过去，大叫一声："喵呜。"他的声音沧桑而低沉，在暗夜里显得格外恐怖。两只猫被吓了一大跳，跑开几步远，又停下懵懂回过头来，想瞅瞅发生了什么情况。解江南伸开两臂，呈立定跳远姿势蹦将过去，嘴里发出更响亮的："喵呜！喵呜！"声音像是地底下发出来的，又像是影视剧里恐怖的鬼魅配音。两只猫当场一蹦几丈远，见鬼样分头逃窜，屁滚尿流狼奔豕突。

杜秋娘被惊得目瞪口呆，还没有反应过来，不远处的一扇门开了，保安打着手电走了出来。解江南拉起杜秋娘一溜烟撒腿就跑，石板路上留下急促的得得得声。奔到围墙拐角无人处，两人笑得像虾米一样弯着身子，气都喘不过来。

眼前这个癫狂的雀鸟精，还是当初那个古板严谨、一丝不苟的解教授吗？

深秋的西溪如此安静美丽，像一帧宁静深沉的油画。皎皎的月光，如水般泻在大地，映照着白墙上几个明晃晃的大字："西溪且留下”。

《聊斋志异·婴宁》中，异史氏曰:“观其孜孜憨笑，似全无心肝者;而墙下恶作剧，其黠孰甚焉。至凄恋鬼母，反笑为哭，我婴宁殆隐于笑者矣。窃闻山中有草，名‘笑矣乎’。嗅之，则笑不可止。房中植此一种，则合欢、忘忧，并无颜色矣。若解语花，正嫌其作态耳。”

这可正是:世上本无事，庸人自扰之。盖中年二婚者，皆因过于计较得失，故不能勠力同心。身外之物皆不能久矣，一念心静时，莲花处处开。凡事有因果，万物有轮回，聊斋有真意，狐鸟相与还。

谁在山上放羊

壹　来福在山上放过羊

早几年同学聚会，送了我一条小狗，毛茸茸黄色绒球一样，团成个小可爱。我把它送回老家，我妈给它取了个名字叫“来福”。自此，来福就在村里过上了喝山泉水、吃土猪肉的逍遥日子。村里凡是杀猪，我妈必去买猪下水。时间一长，杀猪佬都知道我家来福了，隔三四天就往我家送猪肺、猪肝。

来福在母亲的嘴里，逐渐成了一只神狗。从不在家里撒尿拉屎，很听得懂人话。晚上回来迟了，会用爪子敲门，你训斥它几句，它低头一声不吭溜进窝里。和村里阿婆说笑它的不好，它会冲你翻白眼，会怄气故意不吃饭。嘴巴贼刁，吃草莓，就吃头顶那个甜的部位，酸的不吃。弄得我哥那小不丁的外孙牛牛，总认为来福是一家人，每次吃饭，叫来福坐到旁边凳子一起上桌吃。

我不知道来福这个品种叫什么，但是到一定时候，它就长不大，不像别的大狗那样威武。但是被我父母宠溺出来的来福，是不知道天高地厚的，时间长了，它也觉得自己是神狗。

先是隔壁的表婶来告状，让我妈把来福管教好，因为来福总把她家的母鸡按地上，把鸡屁股上的毛也拔了，经常在她家鸡窝前探头探脑，有三只母鸡都惨遭来福辣手摧毛。

过了一年半开春后，来福不拔鸡毛了，但盯上了村头的母狗小花，几只狗整天蹲候在小花家门口，来福也加入了这个采花团队。头几天晚上 12 点多才回家，在我爸妈房间窗户下叫了几声，喊两老开门。后面两天变本加厉，竟然连续两个晚上不回来了。

我爸妈一大早去找来福，担心它被大狗咬了，又担心它饿了。几个人四处寻找，后来在竹林边的田野里找到了，四只狗在追求小花，相互厮打。我爸妈紧张站在路边看它们追来闹去，估计差点喊："来福加油了！"后来改成喊："来福，回来吃肉了。"来福佯装听话，摇着尾巴跟我妈回来了，走了一半路，趁老人家不注意，又从另外一条路跑走了。唉，哪个少男不思春，真是风一样的少年啊！

来福在和大狗的竞争中，并不占优势。但我妈非得说小花只喜欢来福，说来福长得最好看。我建议她给小花家下个聘礼，免得每次她和我爸，在边上看来福打架时那个紧张，恨不得拿根棍子参与进去，我们很担心他们高血压犯了。

有一天清晨，来福不见了，母亲和父亲急得要命，央大家伙一起帮忙找。村东到村西，都没有来福，一直到傍晚，来福才回来了。第二天清晨又不见了，一直到傍晚才回来。原来小花每天跟着主人到山上放羊，很高很远的山上，早出晚归的，来福就和小花一起放羊去了。

父母很担心，说山上蛇多，万一咬去了怎么办。我说你们这么着急，怎么不给来福娶一门媳妇?

现在的来福也显老态了，我们说的一年，狗的年龄算 7 年。算起来，来福也是 70 多岁的老狗了，打不动架，也吃不消去高山上放羊了，也不再夜不归宿。总是趴在院子里，晒晒太阳，听着青蛙叫，看草丛里的蜻蜓、蝴蝶飞来飞去的。

每天早上六七点，父亲就开始到地里侍弄他的菜园子，母亲要到村里路上走一趟，来福刚来我家时候，母亲走路还很快，从村头到村尾，不到半个小时就来回。来福像风一样跑在她前面，跑了十几米后又欢跳雀跃着奔回来等她。现在狗和人都老了，走路的时间越来越长，步子显得温吞吞的，不紧不慢。

忽一日，母亲打电话过来，说来福没了，下午被父亲送到山上埋了。电话里，85 岁的母亲伤心得泣不成声，我从来没有看到母亲如此悲伤，我的眼泪也唰唰淌了下来。

是周日，来福送哥嫂去村口等车，在回来的路上，来福遇到了两条体型高大、凶猛健壮的恶狗，这两条犬像狼狗一样身材，平时就经常会追咬村里的弱狗。这两条恶犬把来福夹在中间，一边一只把来福压在地上，撕咬着来福的脸和耳朵，撕扯着来福的身体，来福惨叫着，无法躲闪、无法逃避。在两只年轻硕壮的大狗面前，衰老矮小的来福，像是两只狮子手里的羔羊，又像是一块抹布和玩具，被两只狗拉扯撕裂和摔打。来福一直在惨叫，却无法躲避、无法逃脱。

等村里人告诉我母亲，两个老人趔趔趄趄赶到时，来福正在拼命往家里爬。全身都是血窟窿，被咬得像一块破布一样，脸上身上骨头都露出来了，它用两只前爪抓在地上，一寸寸往家里的方向挪，两只后腿完全咬断，在地上拖出两条血痕。父亲抱着来福回家，给来福破裂的伤口撒了云南白药，母亲给它擦了血，两个老人对着来福束手无策，号啕大哭。村里距离县城七八十里路，附近也没有兽医，来福水也不喝，一直流着泪。母亲在电话里向我描述的时候，一直在哭："你爸抱着来福，对来福说来福啊，你很痛吧，你和我说，和我说，我知道你很痛。"

来福不说话，就是流眼泪，一直在痉挛，后来连叫的声音都发不出了。村里人给来福拿来它最爱吃的香肠，但是来福已经不能吃任何东西，连水也喝不下了。母亲对着那两只狗的主人说："你来看看我们家来福，来福痛成这样，来福多痛啊，要痛死了。"

大家担心父母亲身体，都是85岁的年纪，又有高血压，她们对母亲说："我们赔你，再给你抱一只小狗过来。"母亲恸哭："我们不要，我们养了七年的来福，你怎么赔啊，你怎么赔得起啊，这不是狗，这是来福啊。"

来福挣扎了两天，终于在母亲和父亲的绝望里，在痛苦不止的抽搐中，闭上了眼。母亲哭了三天，哭着睡着了，醒来看见来福睡觉的扶梯边，那窝里空荡荡的，不觉眼泪又流下来了。

虽然母亲和父亲有四个孩子，但是朝日相伴的是来福，我们都是在外面工作，村里的年轻人基本也都在外面。来福和母亲一样也老了，每天陪着母亲到村里和老人们唠嗑。来福知道母亲到哪里散步，到哪户人家串门，只要母亲说个地方，来福就欢快地摇着尾巴往前面去了。它和母亲一样，熟知村里的每一户人家，听得懂老人们讲的话，它和村里的老人们有了同样的生活节奏。

我们早年回家时，父母亲带着来福总是在村口等着，我们要走了，他们每次送到村口。现在年纪大了，大家绝不要老人再迎来送往。但是来福每次还是在忠实地做这件事情，唤它回去也不肯。这次为了送哥哥嫂嫂，来福才去了村口，不想就遇到了两只恶狗欺凌，遭遇不幸，这么痛苦惨烈地死去，怎么不让我们悲恸万分。

清明节时候，哥哥带着外孙牛牛上坟。来福到我家时，牛牛只有三岁，现在，牛牛也是小学生了。那天去山上给祖坟祭祀，牛牛说："来福怎么没有葬在这里，我们也去给来福上炷香吧。"

刘亮程在《一个人的村庄》里面的一篇《两条狗》里说过：到我老的时候，我会慢慢知道老是怎么回事，我会离一条老狗的生命更近一些，就像它临死前偶尔的一个黄昏，黑狗和我们同在一个墙根晒最后的太阳，黑狗卧在中间，我们坐在它旁边，背靠着墙。与它享受过同一缕阳光的我们，最后，也会一个一个地领受到同它一样的衰老与死亡。

四月的山峦正是繁花缤纷，满山遍野的山茶树开花了，白色的花朵在微风中遥相呼应。我们的乡在扩乡并镇之前叫"百岁"，是县里有名的长寿之乡，乡间里的路，也被大家称为百岁之路。

我的眼前经常会出现那样的场景，一个80多岁的老人，和一只70多岁的狗，在这条路上慢慢走慢慢走，一起拥有一样的春天，一样的百岁。时光啊，你能不能尽量慢点，再慢点，多一些止步和停留。

贰　大哥退休了去放羊

在乡镇文化站工作近四十年的哥，国庆节后要退休了。我说要为哥庆祝下摆两桌，嫂子笑着说，他这一辈子就做个文化站长，又不是当领导干部，有什么好摆酒的。我说，哥这辈子做基层文化工作，是我们县里任职时间最长、资格最老、稿子写得最多的站长了。为乡村、为农民写了几十年，当然值得杀猪宰羊，摆个两桌的。

说这话的时候，正好大姐夫根华也在我家，他和哥哥差不多年龄，也快退休了。哥问他：“根华，你退休了干什么？柏周今年也退休了，我们都属牛的，要不我们一起养鸭吧？”

厚道的姐夫盯着我哥，还是年少时候那样追随崇拜的眼神，毫不犹豫地点点头。

我嫂子说：“你们放鸭，还是鸭放你们呢，到时候鸭子跑哪里去都不知道。”

我哥点头称是，觉得放鸭子也是麻烦，现在新农村建设搞得好，溪里不能放鸭子，要放到自家田里地里。但是，在田里地里养鸡养鸭，也是行不通，除非四周扎紧篱笆，否则鸡鸭跑到人家地块上，把他们的庄稼吃了怎么办。鸭子多了也看管不住，要养么，也就养个十几只家里吃吃。溪沟鸭拿来做笋干老鸭煲，那锅汤鲜得很。过年再做个酱鸭，啃啃鸭骨头下酒，越喝越有。

“根华，那我们上山放羊去吧？”

姐夫盯着这个年少时候就带着大家，东边打架西边闯祸的人，还是一往情深地点点头。

我姐说：“放羊，现在要到高山上去放，平坡也没有草的。”

我哥点头称是。他的想法是把小伙伴们召集起来到山上放羊，羊么也不用多，养个几十只，年底大家分分。自家养的羊，炖锅仔、烤全羊，那都是极美的。山么选择高一点的，也不用每天回家，就住在山上的草棚里。

年少的时候，我哥和根华、柏周、东明四个人，就在山上草棚里看管生产队的番薯地，那个时候野猪多，经常来拱番薯。四个小年轻最喜欢一起去山上，在草棚里住几天。那个时候我家开着供销社的小店，我哥偷偷把酒拿出来带到山上，四个人在草棚里点马灯，喝小酒，数星星，侃大山。后来，根华到供销社上班去了，柏周考取师范学校后教书了，我哥到乡镇文化站工作，只有东明一直在村里。大家过年才能聚在一起叙叙旧，现在差不多都快到退休年纪，是该到山上放羊了。

姐问根华：“你不担心，到时候他们三个人都去玩了，或者下山溜到哪里喝酒，留你一个人在山上看羊？”根华眼睛里闪过一丝困惑，瞬间就乐呵一笑，心想这个事情以前他们仨不经常干的嘛。

老家叫作严村，据县里档案记载，严子陵后裔从明代开始居住于此。有一条溪叫作百岁溪，从夏塘开始，经过严村、查村，流过几十里地，一直流入天目溪。天目溪在桐君山和富春江汇合后，浩浩荡荡扬帆而下，直到钱塘江。

儿时村里的溪水，和江水一样宽广，到处长着茂密的芦苇，雨季来的时候，就开始放排。排有竹排和木排两种，把毛竹和杉木的头部用火一烧，向上弯出一个角度，然后并拢扎紧，就成了一张排。山里人用排作为运输工具，用来运输木头、桐籽、笋干，等等。哥哥经常跟着叔叔去放排，有一次穿了一双新的胶鞋，他担心鞋子打湿，就把鞋子夹在胳膊窝里，赤脚跳上木排。结果没有想到，人一起跳，两只胳膊往上一抬，鞋子掉到水里，瞬间被河水卷走。哥哥担心被打，好久不敢回家。

爬到山上望整个村庄，造型是一艘船。有两株百年银杏树，在村的一东一西，一头一尾，像是船上竖着的两根桅杆。这两棵银杏树是村里的镇村之宝，也是哥哥们年少时候玩耍的大本营。哥带着一拨人守在村西的银杏树，柏周带着一拨人守着村东的银杏树，今天你扮演新四军，明天他扮演八路军，七岁八岁讨狗嫌，把个村里搅得那是一个鸡飞狗跳、鸡犬不宁。

那除了种种菜，到山上放放羊，我问哥退休后还能做啥？哥眼睛一瞪，说别小看了文化站长，事情多着呢，忙不过来。现在都在忙乡村振兴啊、县域旅游的。街道几个新来的大学生，不熟悉地方，城里人哪知道农事桑麻，要带他们跑村里熟悉情况，稿子还得把关。他所在的桐庐旧县镇，这几年吸引了“最向往的生活”剧组来拍摄，最早就开始垃圾分类，还上了《人民日报》、中央电视台等几十个平台，街道前几年由他主编了一本书，叫作《旧县新韵》。

退休后，除了照顾父母，带带外孙，哥还想写点乡土乡情，事情安排得满满当当，哪有时间失落。哥记性好，现在都还能背高中语文课本里的《王贵与李香香》："山丹丹花开红姣姣，香香人材长得好。一对大眼水汪汪，就像那露水珠在草上淌。二道糜子碾三遍，香香自小就爱庄稼汉。地头上沙柳绿秦秦，王贵是个好后生。身高五尺浑身都是劲，庄稼地里顶两人。王贵赶羊上山来，香香在洼里掏苦菜。"

看见嫂子走开了，哥对根华说："我们到山上放羊，还可以喝点小酒。"这几年哥有结石，嫂子不允许他喝酒，他就偷偷把酒藏在柜子里、被子里。春节回家时，我房间里放着两瓶进口红酒，还有个高脚酒杯、开瓶器。嫂子对我说，今年饭桌上我们不喝酒了，省得你哥看着眼馋。到时候等他睡了，我再给你弄几个小菜，你就在自己房间里喝。

除夕那天，哥从早上就开始嘀咕："今天是年三十，过年都不喝酒，还能算过年么。"先是对嫂子说，嫂子没有搭话。后来又对我说，我也很无奈，避开了这个话题。大家都装作听不见，哥的声音越来越小下去了。

根华也不能喝酒，有高血压，但是面对这个儿时的开裆裤兄弟，他还是憨憨地对哥点点头。

哥退休的时候，旧县街道特地给他在微信公号上做了个稿子"不忘初心，不负年华"，写他三十八年来，从一位乡村教师改行当一名基层文化干部，默默奉献，坚守初心。时至秋季，村里的银杏叶也泛黄了，一片片叶子，像是一只只翻飞的蝴蝶。最美丽的收获季节来临了，大地慷慨地敞开怀抱，奉上丰硕的果实，高山伟岸坚韧，拥抱着回家的孩子。远方的山冈上，似乎看见王贵甩着鞭子赶着羊，快乐地喜迎李香香。

叁　哈罗是个放羊好手

二叔家有一狗子名叫哈罗，哈罗堪称放羊倌圈里的高手，也算是一股清流。哈罗放了很多年羊，最多的时候有一百多只，哈罗从来没有走丢过羊，也没有拿过一分工钱。

哈罗不是一只普通的狗子，它是德国警犬后代。当时，在省城工作的表哥托人把它买回来的时候，还是幼崽，像小猫一般大，花了 500 元，相当于表哥小半年工资。那是 90 年代初，表哥工资才一百多一个月。大家觉得，它的祖先是国外的，可能得说英文，就给它取名为哈罗，毕竟大家都会说这个英文单词，一听也懂。

哈罗见风就长，一年工夫，就到了 120 斤，是个虎背熊腰的狗小伙了。威风凛凛，桀骜不驯，不要说看鸡、看鸭、看狗，连看人的眼神，都和别的狗子不一样，不怒自威，王者风范。省城的表哥每次回家，哈罗竖起耳朵一抖凛，一里地外就和箭一样射过来，旋风般就到了跟前，黄褐色的皮毛油光发亮，三角耳朵，一圈黑色的眼眶里，是深邃晶亮的眼睛，长长的舌头吐在外面，呼哧呼哧的像是鼓风机。才到表哥跟前，哈罗早就扑将过来，亲热地上蹿下跳。然后抖凛身子，示意表哥把包包挂在它背上，有时，表哥索性骑跨着它，人和狗在乡间路上，戏耍打闹，惊起一路鸟儿和花香。

哈罗的胃口甚好，哪个狗娃不喜欢吃肉呢。如果让哈罗放开吃肉，一顿可以吃十几斤。90 年代初期，老百姓都不可能天天吃肉，一周吃一两次红烧肉，也是让嘴巴过个瘾有个甜头。哈罗自然没有那么多肉吃，好在二叔家里是养鱼的，没有肉吃，鱼倒是有的。大锅炖鱼头，汤汁拌饭，都说鱼吃多了，人会聪明。哈罗鱼吃多了，原本基因就不错，现在狗智商更高了，算数能力极强，会数羊头，上山多少只，下山多少只，也是奇事一桩。

说起二叔一家，虽然在农村，但都是有故事的人。当然，不要说二叔，谁没有故事呢，即使一朵花、一棵树、一株草、一只土拨鼠，都有故事，只是我们听不懂它们的语言，但是山懂水懂，脚下的泥土懂，大地懂。

二叔和二婶一家过的日子一直很清苦，上有一个老父亲，下有三个孩子。表哥是老大，下面两个弟弟，他是村里第一个大学生，高考恢复后第二年高中毕业，正儿八经高考录取的。二叔每个月给表哥 15 元钱生活费，有一次，表哥六个月都没有收到家里的钱，无奈之下写信给做生意的叔叔，叔叔赶到学校来，才解决了断供。表哥回忆，自己不过八九岁时候，个子长得瘦小，负责带弟弟。母亲把两个弟弟绑在他身上，前面一个，后面一个，小人儿不堪重负，不小心摔倒了，三个娃在地上就像被翻身的乌龟一样，爬也爬不起来，动也动弹不得，只有哇哇乱叫，大声呼号。

有一年中秋节，三兄弟很想吃月饼，但是没有钱买。到了晚上八九点钟，母亲实在拗不过孩子巴巴的眼神，就给了两毛钱，三人欢天喜地到小店里买了三个月饼，是那种广式芝麻馅的。兄弟三个坐在家门口院子里，抬头看看天上的月亮，明晃晃的，低头咬一口手上的月饼，甜蜜蜜的，最后把掉在手心的碎屑都一点点舔干净，感觉幸福极了。

事实上，二叔人很聪明，长得帅，脾气好，不抽烟、不喝酒，天生就是个手巧之人。二婶虽个子不高，但结实健壮又勤劳，力气非常大，担着两百斤的箩筐还是一溜小跑。二叔砌的石坎、石墙、石坡，远看近看，上看下看，匀称整齐、美观坚固，像是艺术品似的，按照现在的说法，就是工匠精神。每年生产队里种水稻，队长总喊二叔第一个下田，种几行作为大家的样板和示范，像是乐队指挥一样。因为二叔种的稻子非常突出，叫作三直一浅:横的笔直、竖的笔直，每一株秧苗笔直，秧苗扎得浅而不倒。纵使稻秧长成稻子，远远望去，一眼就能看出哪几垄出自二叔的手。村里人盖房子，总要请二叔去掌舵把关，没有二叔经手过，心里不踏实。

二叔给大家做这些事情，都是帮忙的，最多，大家请二叔吃个饭。按理，二叔二婶这么能干，人缘关系又好，家里吃饭总不成问题。但是，因为二叔家不寻常的身份，导致他们一家在村里总是缩着脖子、低人一等。

二叔家成分不好，这个成分就像天狗一样，硬生生把二叔家头顶的圆月亮啃掉了一大块，变成了一片片乌云。从二叔爷爷开始，一直到表哥这一代。表哥因为这个差点没法念高中，幸亏，他的成绩都是全校第一，才争取到了改变自己命运的机会。

上面来个检查，或者一个什么运动，二叔和二婶就会被拉出去批斗，站在礼堂台上，挂上牌子，接受群众批评教育。二叔说，没有关系的，都乡里乡亲的，批斗也是走个形式，也没有真正为难我们。

年少时的表哥，对家里很多事情，心里一直有疑惑。虽然总分超过了省里 985 学校录取分数，但是因为英语成绩比较糟糕，最后读了另外一所普通大学。他们高中时候，学校里刚好缺老师，英语没人教，这在当时都是普遍的。

那是他高考结束后的夏天，他和爷爷在田里干农活。乡间路上来了一个老外，戴个鸭舌帽，穿了 T 恤短裤，骑了一辆自行车，在道上来回过了两趟。老外似乎迷路了，看见田里有人劳作，就在田埂边大声打招呼，要问路。

表哥听不懂英文，很尴尬看老外哇啦哇啦，但是不知道他说什么，也不知道怎么回答。正在这个时候，低头干活的爷爷，放下锄头走了过来，卷着裤脚，腿上都是泥巴，黝黑的脸上淌着汗，完全是农民老把式的样子。他平静地看着老外，用流利的英语和老外聊了起来，给老外指了路。

老外和表哥一时都愣在那里，老外竖着大拇指，迷惑不已，他不明白中国的农民，英语已经好到了这个水准。表哥更是傻在那里，他从来不知道沉默寡言的爷爷会讲英语，而且非常流利。爷爷英语这么好，为什么从来不教他这个孙子。

后来，表哥才隐约知道，他的爷爷竟然拿到三个大学的毕业证，有外国语大学、师范大学，还有个农大。爷爷年轻时候家境好，一直在大学里读书，读了这所读那所，后来因为成分问题，没少吃苦。但是爷爷说不苦，在劳改农场种庄稼、养猪，能吃饱饭，挺高兴的。回到家后，在家里吃不饱，后来又主动到劳改农场去了。难怪，他爷爷种的稻子和庄稼，在村里都是顶呱呱的。冬瓜种出来有二十多斤，比一个孩童还重，惹得附近的人纷纷来看稀奇。

二叔养鱼的技术在十里八乡也是有名的，正因为这个，县里分管农业的，就来动员二叔去承包水库养鱼。

这样，二叔就带着全家去了山里，承包了镇上最大的水库，有 270 亩，在太阳公社叫作青石门的地方，养了几万尾鱼。青石门水库的水系，由五个狭长水库相连而成，从半空看下去，像是手掌伸开的五个手指，也像一张伸展开的秋天枫叶，碧绿澄蓝，漂亮极了。

养鱼的第二年，哈罗来到了这个水库，和二叔二婶一家在一起。哈罗除了看管水库，巡逻之外，还承担了放羊的任务。

二叔养的鱼基本上是鲢鱼、鳙鱼，还有草鱼。他家的鱼拿到市场上，总是最快卖完的，很抢手。因为水质好、年份长、水域面积大，二叔家的鱼肉质紧致鲜嫩，没有任何腥味。青石门水库在深山林里，源头没有任何生活用水，周围山上植被葳蕤，松树茂盛。那些鳙鱼，就是胖头鱼，是吃着松花粉长大的。当风掠过漫山坡的松树，鹅黄色的松花纷纷扬扬，一层层洒落在湖蓝色的水面上。吃这些松花长大的胖头鱼，炖出的汤汁，自然纯白浓郁、清甜醇厚，入口不忘。

我问表哥，你们家那个时候应该富裕了吧。表哥却说，养了九年的鱼，基本没有赚到什么钱，养鱼不赚钱。我说怎么可能呢，水库里几万尾鱼，山上又有羊，多霸气啊。

家里养鱼的时候，表哥已经在杭州上大学了，但凡每次回水库，屋子里都是来吃饭的人，经常两桌三桌的。二叔二婶好客，土灶大铁锅烧的胖头鱼，用不锈钢大脸盆盛着，那味道真是鲜得掉眉毛。哈罗在山上放的羊，基本上也是到市场卖三分之一，送人三分之一，大家吃掉三分之一。

头几年承包水库，只要二叔在水库一抓鱼，村里的人就带上编织袋啊、箩筐啊，挑上水桶、脸盆的，齐齐聚集在水库边，鱼一上岸，他们就蜂拥而上，多的时候，每天被拿走五六百斤鱼，还专挑那种一条十几斤重的鳙鱼。

二叔承包水库是和公社签的合同，村民说，造水库的时候，大家也是出力出工的，挑过泥，担过石，现在吃几条鱼，不是理所当然的嘛。再加上，水库下面都是石头，捕鱼非常困难，网兜总是被石头卡住撕扯，鱼很难抓，都成了漏网之鱼。

那村里不管么，或者让哈罗出来吓唬一下？表哥叹了口气，村委的人来了，派出所的人也来过，法不责众，没用。哈罗连鸡鸭都没有伤害过，更不会伤人。鱼抢走就抢走吧，我们尽量想办法，比如说在水库中间捕鱼，或者等村里的人回家了再把船靠岸，家里三天两头来人吃饭。钱赚不到就赚不到了，平安是福。

二叔二婶在山上放的羊，是本地的山羊品种，雪白的身子，角儿高高的，灵活矫健。放羊的任务就落在哈罗身上，到现在为止，大家都不知道哈罗怎么数的羊，因为哈罗放羊，从来没有少过一只，这几十上百只羊，它是怎么搞清楚的。

中午过后，青草上露水干了，二叔才把羊从圈里放出来，哈罗已经等在门外了。二叔抬手指着山坡说：“哈罗，今天把羊赶到那里。”哈罗竖起耳朵，吐着舌头，马上就明白了。它绕着羊群跑两圈，然后就带着羊们上山了，像是指挥出征的将军，左催羊，右赶羊，千骑卷山冈。到哪块山坡吃哪片草，吃哪里的树叶，每天是不重样的，反正水库周围都是山坡，物草丰美，树木苍翠，是羊们天然的草场。

哈罗把羊带到山坡上安顿好后，半个多小时先下山回来了。傍晚时间到点了，羊们该下山了，二叔说，哈罗，好把羊赶回来了。哈罗听了，就撒开蹄子，一骑绝尘，一溜烟跑到山上，几声叫唤，羊群们就像听到号令一样，跟着哈罗下山。到了山脚下，羊们集中站着，等哈罗点数。哈罗左三圈右三圈，绕着羊群前后跑，似乎是数羊。如果有羊还在山上没有下来，哈罗就会又跑上山找羊，把羊赶下山。如此两三趟，在山脚的羊群一直原地待着，不敢乱动。等哈罗把所有的羊集中好了，一声令下，头羊走在前面，哈罗护卫奔跑左右，就这样把羊群赶回来了，旗开得胜，浩浩荡荡，那阵势，那家伙，相当壮观。

陈仓老师说小时候放羊，羊如果不肯回来，就在回家的路上洒点盐，羊喜欢吃盐，就循着盐回来了。哈罗肯定没有在路上撒盐，但是羊们就乖乖地跟着哈罗回来，这真的是很奇怪。表哥几次看到过哈罗赶羊，那些羊就在山脚下集中，哈罗到山上去找落单的羊，没有哈罗的命令，羊群就在原地一动不动。

是不是在羊的眼里，哈罗就像老虎一样，威猛高大，不敢忤逆。

二叔在水库里养了9年的鱼，哈罗在最后那年没了，而且是被人投毒致死的。

哈罗是德国警犬的基因，平时像是独行侠一样，根本不吃陌生人的东西。二叔家里有个远亲，偶尔来串门，和哈罗是熟悉的。这个亲戚几次想在山上弄点树什么的，都被哈罗发现搅黄了，让他没有如愿，自此在心里结下了芥蒂。

那年夏天，这个亲戚又到二叔家里来，瞎扯一通走了。哈罗不久就开始抽搐，全身抖动，口吐白沫，开始尿血，惨叫不已。水库通往外面有两三公里的山路，二叔他们赶紧找了双轮车，拉着哈罗就往医院赶。在半道上，哈罗就断了气。

每念至此，二叔久久不言语，只是说，哈罗死的时候，流着泪，眼睛是睁着的。我问表哥，你们为什么不报警呢？明明知道是那个人投毒。表哥说，报警可以，即便把人抓起来，在里面关一阵子，但是哈罗已经不能复活，回头大家又结新的怨、新的仇。

二叔一家和这个亲戚断了来往，自此，家里再也没有养过狗。

说这话时，时光已经流淌走了20年。二叔和二婶早几年都走了，二叔是80岁那年，二婶走的时候只有69岁，生了七八年的病，杭州啊、上海啊都去看过，最后，癌细胞已经扩散到全身。青山门水库后来成了饮用水源，不能再养鱼了。水库旁二叔他们住过的房子，哈罗待过的小屋，墙舍颓废，夷然摧枯。门前当年的大片竹林，现在栽上了果树，种上了油菜花，一大片黄灿灿的花海，蜜蜂嗡嗡，蝴蝶翻飞。二叔当年种的几株银杏树，已亭亭如盖，阳光斑驳如金，风儿吹得叶子簌簌作响。

很多放羊的人都会在山上唱歌，隔着一条沟，男喊妹妹、女唤哥。不知道哈罗放羊的时候，是在想什么。没有指令，哈罗从不串门，也不去外面的村子，别的狗子见了它都避得远远的。隔壁村有条漂亮的狗子会来找哈罗，那是狗子里面的小芳了，也不知道它们怎么约定的，又没有手机和电话。哈罗趴在草坡上，也肯定喜欢看天上的鸟雀、地上的花。它那么聪明，会不会听得懂泰戈尔《飞鸟集》里面的诗：有朝一日，我会在另一个世界的日出时分，向你歌唱，“从前我见过你，在尘世的光阴里，在人的爱情里”。

哈罗不是一条狗子，哈罗是一个放羊好手。